新　潮　文　庫

宴　の　あ　と

三島由紀夫著

新　潮　社　版

1888

宴《うたげ》のあと

第一章 雪《せつ》後《ご》庵《あん》

雪後庵は起伏の多い小石川界隈《かいわい》の高台にあって、幸いに戦災を免《まぬ》かれた。三千坪に及ぶ名高い小堀遠州《こぼりえんしゅう》流の名園と共に、京都のとある名刹《めいさつ》から移された中雀門《ちゅうじゃくもん》も、奈良の古い寺をそのまま移した玄関や客殿も、あとに建てられた大広間も、何一つ損なわれていなかった。

戦後の財産税さわぎの只中《ただなか》に、雪後庵は元の持主の実業家の茶人の手から、美しい元気な女主人の手に渡って、たちまち名高い料理屋になった。

この女主人の名を福沢かづという。かづは豊麗な姿のうちに一脈の野趣があって、いつも力と情熱にあふれていた。入りくんだ心の動きをする人は、かづの前へ出ると自分の複雑さを恥じ、気力の萎《な》えた人は、かづを見れば、大そう鼓舞されるか、却《かえ》って打ちのめされるような気になるかした。何か天の恵みによって、男性的な果断と女性的な盲ら滅法の情熱とを一身に兼ねそなえたこういう女は、男よりももっと遠くまで行くことができるのだ。

かづの性格はすみずみまで明るく、決して屈することを知らない自我は、単純な美しい形をしていた。若いころから、愛されることよりも、愛することのほうが好きだった。無邪気な野趣が、多少の押しつけがましさをも隠し、周囲のちっぽけな人間のいろんな悪意が、野放図もない素直な心をますます育てた。

かづには古くから、色恋ぬきの男の友人が何人かあった。保守党の黒幕政治家である永山元亀《げんき》は、むしろ新らしい友人だったが、二十歳も年下のかづを、妹のように愛していた。

「あいつは稀《まれ》に見る女傑だよ」といつも言っていた。「あいつは今にえらいことをやるだろう。日本を引っくりかえせといえば、それもやりかねない。男なら風雲児と云《い》われるところを、女だからやり手と云われるくらいですんでしまう。誰《だれ》かあいつから本当の色気を引きずりだす男があらわれたら、そのときこそあの女は爆発するだろう」

かづは元亀の言葉を人づてにきくと悪い気がしなかったが、元亀と面と向っては、こんな風に言うのであった。

「永山さんじゃ私の色気なんか引き出せやしませんよ。自信たっぷりで強く来られたって私はだめなんです。あなたは人を見る目は十分お持ちだけれど、口説き方はなっちゃいませんね」

「お前を口説こうとは思わんよ。お前を口説くようになったら、わしもおしまいだね」

と老政治家は憎まれ口をきいた。

雪後庵がはやるにつれて、庭の手入れには十分な費用がかけられた。客殿の中書院から真南に、巽《たつみ》の池があって、月見の宴には、この池が庭の大事な点景になった。庭のぐるりは、東京でもめったに見られない古い壮大な樹々《きぎ》に囲まれていた。松や栗《くり》や榎《えのき》や椎《しい》の一本一本がおごそかな姿でそそり立ち、そのあいだにのぞかれる青空には、何ら邪魔な都会の構築物が顔を出していなかった。ひときわ秀《ひい》でた松の梢《こずえ》に、番《つが》いの鳶《とび》が久しく住みならえていた。あらゆる種類の鳥が、折にふれてこの庭を訪れたが、わけても渡りの時節に、南天桐《なんてんぎり》の実やひろい芝生の虫を啄《ついば》みに来ていちめんに下り立つ鳥の、夥《おびただ》しさとさわがしさは比べるものがなかった。

朝毎《ごと》にかづは庭を散歩して、その都度、庭師に何かと注意を与えた。注意は当っているものもあれば、当っていないのもあった。ただ注意を与えることが日課になっていて、彼女の上機嫌《じょうきげん》の一部だった。だから老練な庭師も、敢《あえ》て逆らうことをしなかった。

かづが庭を歩く。これは一人身であることの完全な愉楽で、自由な黙想の機会だった。日もすがらほとんど喋《しゃべ》ったり、唄《うた》ったりしていて、一人きりになることがなかったし、客の応接はいくら馴《な》れていても疲労を呼び起した。朝の散歩こそ、もう色恋に大して打ち込む気の起らない心の平静の証《あか》しだった。

恋はもう私の生活を擾《みだ》さない、……かづは靄《もや》のかかった木《こ》の間《ま》からさし入る荘厳な日ざしが、径《みち》のゆくての緑苔《りょくたい》を、あらたかにかがやかすのを見ながら、こういう確信にうっとりした。彼女が色恋と離れてしまってからもう久しかった。すでに最後の恋もとおい記憶になり、自分があらゆる危険な情念に対して安全だという感じは動かしがたいものになった。

こんな朝の散歩は、かづの安全性の詩だったのである。年は五十あまりだが、美しい肌《はだ》と輝く目を保った身ぎれいな女が、こうして広い庭の朝をそぞろ歩く風情《ふぜい》を見たら、誰しも心を搏《う》たれて、何かの物語を期待するにちがいない。しかし物語は終り、詩は死んだことを、誰よりも知っているのはかづ自身である。もちろんかづは自分の裡《うち》の鬱勃《うつぼつ》たる力を感じている。同時にその力がすでにたわめられ、御せられて、決して羈絆《きはん》を脱して走り出したりしないことをよく知っている。

この広大な庭と家屋敷、銀行預金と有価証券、有力で寛大な政財界の顧客たち、これらのものはかづの老後を十分に保証していた。ここまで来ればもう人に憎まれたり蔭口《かげぐち》を言われたりする心配はない。この社会にしっかりと根を張り、みんなに敬重され、高尚な趣味に憂身《うきみ》をやつし、ゆくゆくは適当な後継を仕立てて、旅行や交際に祝《しゅう》儀《ぎ》袋をまきちらしながら、何不足のない余生をすごすこともできるのだ。

かづはこういう考えが心にひろがって、歩みを滞らせる折ふしには、庭門のほとりの中立《なかだち》の腰掛に腰を下ろし、緑苔の露地の奥深くを眺《なが》め、そこにこぼれる朝の日ざしや、下り立つ鳥のこまやかな動きを眺めた。

ここにいると電車のひびきも自動車の警笛もまったくきこえぬ。世界は一幅の静止した絵になった。どうして一度燃え立った情念が跡方もなく消えてしまうのか、かづにはその理由がわからない。自分の身を一度たしかに通り抜けたものが、どこへ行ってしまったのかわからない。さまざまなものが蓄積されて人間が大をなし、成長してゆくというのは嘘《うそ》のように思われる。人間とはただ雑多なものが流れて通る暗渠《あんきょ》であり、くさぐさの車が轍《わだち》を残してすぎる四辻《よつつじ》の甃《いしだたみ》にすぎないように思われる。暗渠は朽ち、甃はすりへる。しかし一度はそれも祭の日の四辻であったのだ。

もう永いこと、かづは盲目になった経験がない。何もかもこの庭の朝の眺めのように、明澄《めいちょう》に見晴らしが利《き》き、すべてがくっきりした輪郭を伴ってよく見え、この世にはあいまいなところが一つもない。人の肚《はら》の中も全部見透《みとお》しのように思われる。もう愕《おどろ》くべきことも、そんなにたんとはない。人が利害のために友を裏切ったときいても、ありがちなことだと思うし、女に迷って事業に失敗したときいても、よくあることだと思う。ただ自分がそんな目に会わないことだけは確実なのである。

かづは人から色事の相談をもちかけられると、てきぱきと巧《うま》い指示を与えた。人間心理は数十の抽斗《ひきだし》にきちんと分類され、どんな難問にもいくつかの情念の組み合せだけで答が出た。人生にそれ以上複雑なことは何もなかった。それは限られた数の定石から成立ち、彼女は隠退した名棋士で、誰にも的確な忠言を与えることのできる立場にいた。だから当然「時代」を軽蔑《けいべつ》していた。いくら新らしがったところで、人が昔からの情熱の法則の例外に立つことができようか？

「このごろの若い人のやっていることは」とかづはよく言うのだった。「衣裳《いしょう》がちがうだけで、中味はちっとも昔とかわっていやしませんよ。若い人は自分にとってはじめての経験を、世間様にもはじめての経験だととりちがえる。どんな無軌道だって昔とおなじで、ただ世間のやかましい目が昔ほどじゃないから、無軌道も大がかりになって、ますます人目につくことをしなくちゃならなくなるんです」

これは実に平板で月並な意見だったが、かづの口から出ると力があった。かづは腰掛にかけたまま、袂《たもと》からとりだした煙草《たばこ》をおいしく喫《の》んだ。朝の光りに漂うその煙が、風もないので、羽二重のようにつややかに重い。この味わいには、家庭を持った女のきっと知らない、ゆったりした生活の自負そのものの味があった。前夜どんなに呑《の》み過しても、健康なかづの体は、かつて煙草を不味《まず》く喫んだおぼえがないのである。

ここから見えなくても、庭の全景はかづの心にしっかりと刻み込まれ、隅々《すみずみ》までも掌《たなごころ》を指すように諳《そら》んじている。庭の中心をなす黒々とした緑の巨大な黐《もち》の樹、その光沢のある厚い小さな葉の聚《あつま》り、裏山の木々にまつわる山葡萄《やまぶどう》、……そして書院から見た芝生のひろい展望と正面のつつましい雪見燈籠《どうろう》、古い五輪塔を置いた中ノ島の夥しい笹《ささ》。庭のどんな小さな植込みも、どんな小さな花も、偶然に生じたものではない。

……煙草を喫んでいるうちに、この庭の精緻《せいち》な姿が、かづのいろんな記憶をすっかりおおいつくしてしまうのが感じられる。かづは今やこの庭に対するように、人間や世間に対している。そればかりではない。彼女はそれを所有しているのだった。

第二章　霞《か》弦《げん》会《かい》

霞弦会の例会を今年からここでひらきたいという相談を、かづは或《あ》る大臣から受けた。それはむかしの同期の大使たちのいわばクラス会で、年に一度十一月七日が例会の日であるが、今までいい会場に恵まれていなかったので、大臣が見かねて口をきいたのだ。

「皆さんハイカラな御隠居様だが」と大臣が言った。「一人だけ、どうしても御隠居様になり切らない方《かた》がいる。あんたも知ってるだろうが、野口老だよ、むかし大臣を何度もやったあの有名な。あの方はどういうわけだか、このごろは革新党の一代議士になって、又《また》それも次には落選してしまわれた」

かづがこの話を受けたのは、大臣主催の園遊会の最中だったので、それ以上ゆっくりきくことができなかった。いつもの小鳥の群とちがって、ひどく大型の色とりどりのやかましい鳥の群が下り立ったように、その日雪後庵の庭は、大ぜいの外人の男女に占められていた。

——十一月七日が近づくにつれて、かづは何やかと心づもりをした。そういう客であるならば、まず敬意を旨《むね》としなければならない。今、世に時めいている人たちは、無礼な冗談や狎《な》れすぎた振舞をもむしろ面白《おもしろ》がるが、かつて世に栄えて隠棲《いんせい》している人たちにとっては、同じ冗談も矜《ほこ》りを傷つけられる種子《たね》になるのだ。そんな老人相手には、ひたすら聴き役にまわるに限る。そして柔らかな会話で按摩《あんま》をし、むかしの権力がふたたびその座に花やいでいるような錯覚を起させるのだ。

その日の雪後庵の献立は次のようであった。
汁《しる》　松露《しょうろ》、胡麻《ごま》豆腐《どうふ》、白味噌《しろみそ》
作　烏賊《いか》細作り、防風、橙酢《だいだいず》
鉢《はち》　あまご、赤貝、青唐、橙酢、出汁
八寸　鶫附焼《つぐみつけやき》、伊勢海老《いせえび》、貝柱、千枚漬《せんまいづけ》、甘草芽
煮　相鴨《あいがも》、筍《たけのこ》、葛餡《くずあん》かけ
鉢肴《はちざかな》　鰉《ひがい》一尾、甘鯛《あまだい》塩焼、橙酢
椀《わん》　ぜんまい、粟餅《あわもち》、梅干

かづは藤鼠《ふじねず》の江戸小紋の着物に、古代紫地に菊花菱《きくはなびし》の一本独鈷《いっぽんどっこ》の帯を締め、錆朱《さびしゅ》の

帯留に大粒の黒真珠をつけた。こういう着物の選び方は、豊かな体を引きしめて、すっきりと見せるのに役立った。

その日は暖かく晴れた日だったが、暮れてまだ月も出ないころに、野口雄賢《ゆうけん》元外相と、環《たまき》久友元ドイツ大使が連れ立ってあらわれた。立派な恰幅《かっぷく》の環に比べると、野口は痩《や》せてやや貧相に見えた。しかし銀髪の下の目は鋭く澄み、おいおい集まるヨーロッパの元大使たちの客のなかで、彼一人が隠居ではないという理由は、このまことに理想家肌《はだ》の目のかがやきからもかづにはわかった。

この席は賑《にぎ》やかで社交的だったが、話題はすべて過去に関《かか》わっていた。一等お喋《しゃべ》りなのは環だった。

座敷は客殿の中書院で、環は黒漆塗の華頭窓《かとうまど》と華麗な絵襖《えぶすま》との堺《さかい》の柱によりかかっていた。襖には極彩色で番《つが》いの孔雀《くじゃく》と白牡丹《しろぼたん》が描かれ、その背景には南画風の山水が描かれて、大名趣味の奇妙な様式の混淆《こんこう》を見せていた。

環はロンドン仕立の服を着、今時めったに見ない金鎖の懐中時計を、チョッキのポケットに納めていた。それはやはりドイツ大使であった彼の父が、カイゼル・ウィルヘルム二世から賜わった品で、ヒットラー時代のドイツでも、この時計が大いに幅を利《き》かしたのである。

環は美男で、弁舌さわやかで、下情に通じていることを矜りにしている貴族的な外交官だったが、今では彼の関心は、まったく現代から超絶していた。彼には五百人も千人も集まるレセプションの、かつての日のシャンデリヤの輝きしか念頭になかったのだ。

「いや思い出すたびにひやりとする。こりゃあ実に面白い話なんだ」と、環が殿様風の興褪《きょうざ》めな前置きをした。「ベルリンの地下鉄に、大使になってから一度も乗ったことがないというので、参事官の松山君がむりやり私を引張って行って乗せたことがある。うしろから二輛目《にりょうめ》、いや三輛目だったかしらん。私たちが乗ると、中っ位の混《こ》み方でね、ふと前を見たら、ゲーリングがいる」

ここで環は聴手の反響をうかがったが、誰《だれ》も何十ぺんとなく聴かされている話らしく、何の反響もない。かづが引取ってこう合槌《あいづち》を打った。

「まあ当時のお偉方でしょう。日本でいえば、加藤清正みたいな。それが地下鉄に乗ってたんでございますか」

「そうだとも、当時飛ぶ鳥落すゲーリングがだよ、よれよれの労働者の服を着て、十六七のそれはそれはきれいな小柄《こがら》な娘の胴に腕をまわして、すまして地下鉄に乗っているじゃないか。私は人ちがいかと思って目をこすってみたが、どう見たってゲーリングその人だ。何しろ私は毎日のように宴会で顔を合わしている仲なんだからね。却《かえ》って私のほうがドギマギしたが、向うは君、平然たるものだ。女もひょっとしたら娼《しょう》婦《ふ》じゃないかと思うが、私は残念なことにそのほうは疎《うと》くてね」

「そうお見えになりません」

「実に可愛《かわい》い娘だが、お化粧が、この口紅なんかも妙に濃いのだね。労働者のゲーリングは、すましてその娘の耳たぶをいじくったり、背中を撫《な》でたりしている。そばを見ると、松山君も目を丸くしていたが、二駅ほど先でゲーリング君は女と一緒に下りてしまった。……さア残ったわれわれはふしぎで仕様がない。それから地下鉄のゲーリングが頭にこびりついて離れんのだね。明る晩にゲーリングの夜会がある。私と松山君はそばへ寄って、つらつら眺《なが》めた。やはりきのうの男と寸分もちがわない。とうとう私は好奇心を抑えきれなくなって、思わず大使の職分を忘れて、こうきいたんだよ。

『きのうわれわれは民情視察のために地下鉄に乗った。実に有益だと思うが、貴下はそういうことをされるか？』

するとゲーリングはニヤリとして、意味深長な返事をしたよ。

『われわれはいつも民衆《フォルク》と共にあり、民衆《フォルク》の一員である。だから私は強《し》いて地下鉄に乗ることもないのだ』と」

環元《もと》ドイツ大使は、このゲーリングの返事を簡明なドイツ語で言い、ついですぐに日本訳をつけたのだった。

大使たちは見かけによらず非外交的で、てんで人の話などきいてはいなかった。環大使の話のおわるのを待ちかねるようにして、元スペイン大使が、ドミニカ公使時代に送った美しい首都サント・ドミンゴの生活を語り出した。椰子《やし》の林の下の海ぞいの散歩道、カリブ海の壮麗な夕焼け、この夕焼けに映える混血娘の浅黒い肌、……こういうものを、老人は丹念に描写して我を忘れていたが、又お喋りの環大使が横から話を奪って、若いころのディートリッヒに会った話へ持って行った。環にとっては無名の美人などは何の値打もなく、第一流の名前、金ぴかの名声だけが、話の彩《いろど》りに必要なのであった。

かづには、客たちの会話に各種の外国語が乱れ飛び、とりわけ猥談《わいだん》の大事な最後の一行がいつも原語で語られるのが気色が悪かったが、めったにこの店に現われない外交畑の人の空気には興味を持った。みんなたしかに「ハイカラな御隠居様」で、たとえ今は貧乏でも、かつて本当の豪奢《ごうしゃ》というものに一度は指で触ったことのある連中だった。そしてそういう記憶は、悲しいことに、一生その指を金粉で染めるのである。

野口雄賢だけが中で異彩を放っている。その雄々しい顔には、いつまでも失われない素朴《そぼく》さがあり、身なりも他《ほか》の人たちとちがって、衒《てら》いや洒落気《しゃれけ》というものがなかった。鋭い澄んだ目の上には、筆勢の余ったような形の眉《まゆ》が突っ走っており、こんな立派な一つ一つの造作も、おのおのがいがみ合って、痩せた体つきと一そうの不調和を示していた。それに野口は微笑を忘れなかったが、いつも自分を守っているしるしに、稀《まれ》にしか合槌を打たなかった。こんな特色はいやでもかづの目に触れたが、それより初対面で逸早《いちはや》くかづの目についたのは、ワイシャツの襟《えり》のうしろにかすかな汚れが、薄い影のようについていることであった。

『元大臣ともある方が、こんなワイシャツをお召しだ。お世話する方がないのかしら』

それから気になったので、ほかのお客の衿元《えりもと》へもそれとなく目をやった。お洒落な老人たちの衿はみな白くかがやき、枯れた皮膚をむざんに締めつけていた。

野口だけが過去を語らなかった。彼も亦《また》、本省へかえる前は、小国の大使をつとめたことがあったが、そういうきらびやかな生活はもう彼の関心の外にあった。こうして過去を語らぬことが、彼だけがまだ死人ではないというしるしだったろう。

環大使が又過去の夜会の話をはじめた。それは王宮で催おされた絢爛《けんらん》たる夜会で、シャンデリヤの光輝の下に、ヨーロッパ中の王侯貴族が集まったのであった。それは又、ヨーロッパ中の勲章と宝石の展示会で、枯れた白薔薇《しろばら》のようにしみの出来た皺《しわ》だんだ老貴婦人たちの頰《ほお》は、夥《おびただ》しい宝石の反映のために蒼《あお》ざめたのである。

それからあとは昔のオペラの話になった。一人がガリ・クルチの「ルチア」狂乱の場のすばらしさを力説する。別の一人が、ガリ・クルチはもう峠を越えたので、自分の聴いたダル・モンテの「ルチア」のほうがずっとよかったと主張する。

とうとう寡黙《かもく》な野口が口を切ってこう言った。

「もう過去の話はよしにしようよ。われわれはまだ若いんだから」

野口はにこやかに言ったのだが、その語気には、何だか迸《ほとばし》る力があったので、一座はしんとした。

この一言で、かづはすっかり心を搏《う》たれた。こんな場合には女主人が何か莫迦《ばか》なことを言って、沈黙を救うのが本当だが、野口の一言があんまり的を射ており、あんまり彼女の言いたいことを見事に代弁していたので、自分の立場を忘れてしまったほどだった。

『この方は本当に言いにくいことを立派に言える方だわ』

とかづは思った。この一言で一座の光輝が忽《たちま》ち色褪《いろあ》せて、水をかけられた焚火《たきび》のように、黒い湿った灰がいぶっているのにすぎなくなった。一人の老人が咳《せき》をした。咳のあとの苦しげな永い喘鳴《ぜんめい》が、みなの沈黙のあいだを尾を引いて通った。一瞬みんなが未来のことを、死のことを考えたのが目色でわかった。

このとき庭があきらかな月光に照らし出された。かづはみんなの注意を、この遅い月の出へ惹《ひ》いた。酒がもう大分廻《まわ》っていたので、老紳士たちも夜寒をおそれず、日のあるうちに見ることのできなかった庭を、これから一トめぐりしたいと言い出した。かづは女中たちに命じて提灯《ちょうちん》を用意させた。咳をしていた老人も、一人でのこされるのがいやさに、大きな白いマスクをしてついて出た。

中書院の柱は繊細で、庭へ突き出た縁の欄干も古い寺院のすんなりした造りになっている。女中たちが提灯をかざし、沓脱石《くつぬぎいし》の上に庭下駄《にわげた》をさぐる客たちの足もとを照らした。丁度東の屋根の上にかかった月が、このあたりを濃い影に閉ざしていたからである。

広い芝の上に佇《たたず》んでいるあいだはよかったが、池のうしろの径《みち》へ行こうと環が言い出したときに、かづはこうして十一月の月へ一同の注意を惹いたことを悔んだ。芝の上に並んだ五人の客の影は、ひどく衰えて心許《こころもと》なく見えた。

「お危のうございますよ。お足もとをどうぞお気をつけて」

かづがそう言えば言うほど、年寄扱いをされるのが気に入らない人たちは、依怙地《いこじ》になって林の下かげの道へ行きたがった。そこは月かげが洩《も》れて大そう美しく見え、誰でも散歩に出て月の映る巽《たつみ》の池まで来ればどうしても池の裏手のその木下道へ行ってみたくなるのである。

女中たちはかづの意を承《う》けてよく働らき、危い石や木の切株や辷《すべ》りやすい苔《こけ》などを、提灯のあかりに照らして、懇《ねんご》ろに客に教えた。

「もう夜は冷え込みますわね。今日は暖かい日でございましたのに」

とかづは両袖《りょうそで》を胸にあわせて言った。そのとき傍《かたわ》らには野口がいて、彼の口髭《くちひげ》の下から吐く息が月光に白く見えた。そして容易に合槌を打とうとはしなかった。

かづは道案内のために先頭に立って、思わず先を急ぎすぎた。あとの人たちの提灯は池のまわりの林の下かげに躍動し、池には月とその提灯とがおもしろく映った。ハイカラな御隠居様たちよりは、いつかかづ自身のほうが子供らしく昂奮《こうふん》していた。池を隔てて大声で叫んだ。

「きれいですよ。池を御覧なさいまし、池を」

野口の口に微笑がうかんだ。

「あんたは途方もない大きな声を出す。まるで娘のようだ」

と野口が言った。

——こうして庭の散歩が恙《つつが》なくすみ、一同が中書院に戻《もど》ったあとで、異変が起った。かづの心づくしで、部屋には瓦斯《ガス》ストーヴの火が強く焚《た》かれ、戸外の夜に冷え込んだ老人たちは、火を囲んで、思い思いの姿で寛《くつ》ろいだ。果物が出、和菓子と抹茶が出た。環は言葉少なになっていたので、会話の賑《にぎ》やかさはよほど減った。そろそろ帰り仕度をするときになって、環は厠《かわや》へ立った。いよいよ一同が腰を上げようとしたとき、環がまだ帰って来ないのに気がついた。みんなはもう少し待とうとした。しかしその場の沈黙は重苦しいものになり、四人の老人は触れたくない話題を抱えている人たちのようになった。

とうとう話は、それぞれの体具合のことに落ちた。一人一人が喘息や胃病や低血圧について訴えた。野口は厳しい顔つきをしたまま、一向この話題に乗ろうとしなかった。

「私が見て来よう」

ともの静かに野口が言って立上った。かづがやっとその言葉で立上る勇気を得たように、案内に立った。かづはよく磨《みが》き上げた廊下を小走りに走った。環大使は厠の中で倒れていた。

第三章　環夫人の意見

かづは雪後庵《せつごあん》の主《あるじ》となってから、まだこんな事態に当面したことがなかった。彼女は大声で人を呼んだ。女中たちが集まった。かづは家じゅうの男手をすぐ集めるように命じた。そのころには霞弦会《かげんかい》の人たちも、廊下に群がり寄って来ていた。

かづは耳もとで、野口が会員に話している沈着な声をきいた。

「脳溢血《のういっけつ》だろう。この店には迷惑だが、あまり動かさんで、ここへ医者を呼んだほうがいいと思う。あとは僕《ぼく》に委《まか》せておきたまえ。君たちはみんな家族がある身だし、身軽なのは僕一人だから」

こんな一大事のさなかに、野口のこの一言がはっきりかづの耳に残っていたのはふしぎである。「身軽なのは僕一人だから」と野口はたしかに言い、この言葉の意味は、丁度弾《はじ》けた銀線がいつまでも顫動《せんどう》しているように、かづの心の中で光りを放った。

かづはそれ以後誠心誠意急病人のために尽したが、そういうそがしい働きの間にあって、野口の一言だけは、鮮やかに覚えていたのである。やがてかけつけて来た環夫人の前で、大いに責任を感じたかづが、自分の不行届きを泣いてあやまった時も、その気持に全くいつわりはなかったが、野口の一言は脳裡《のうり》に冴《さ》え冴《ざ》えと生きていた。

「あなたは自分から責任を負いすぎる。環君ははじめてのお客で、環君の健康状態についてもあんたは何も知らんのだし、寒い庭へ散歩に出ようと言い出したのも、そもそも環君なんだから」

とかたわらで野口がかづを弁護した。

病人は高い鼾《いびき》をかきつづけていた。

環夫人は年よりもはるかに若くみえる美しい洋装の中年婦人であったが、良人《おっと》の重態にも冷然としていた。そして大広間のほうからたびたび伝わってくる余興の三味線の音に軽く眉《まゆ》をしかめた。夫人の判断は冷静を極め、「せめて丸一日このままここにそっとして置いたほうがいい」という医者の主張を、立派な理由で強硬にはねつけた。

「主人は人に迷惑をかけちゃいけないというのを口癖にしている人ですわ。雪後庵にこれ以上御迷惑をかけたら、治ったあとでどんなに私が叱《しか》られるかしれません。それにここは大ぜいのお客様をなさるお店ですもの。昔からの御馴染《おなじみ》ならともかく、おかみさんをこれ以上お煩《わずら》わせすることはできませんわ。何とか一刻も早く病院へ運ばなければ……」

夫人は優雅な口調で、くりかえし同じことを言い、かたわらかづに何度も礼を言った。かづはこれに反対して、「遠慮は要らないから、お医者様がいいと仰言《おっしゃ》るまで、何日でもここで病人をお預りする」とくりかえし主張した。こんな美しい礼譲が、高鼾をかいている病人の枕許《まくらもと》で、いつ尽きるともしれない譲り合いを演じさせたのである。そしていつまでたっても夫人はその冷静さを失わず、かづはかづで、その純粋な押しつけがましい親切を失わなかったので、太った医者はうんざりしていた。

病人が運び込まれたのはあまり使われない八畳の離れである。病人と野口と環夫人と医者と看護婦とかづとで、その部屋はすでに雑然たる趣を呈した。野口がかづに目じらせして部屋を出た。かづも野口に従って廊下へ出る。野口はどんどん廊下を先に立って歩いた。

この後ろ姿を見るうちに、いかにも確信に充《み》ちた歩き方なので、かづには、ここが野口の家で、却《かえ》って自分がたまたま来合わせた客であるかのような気がした。

野口は当てずっぽうに歩いて行く。橋の形にやや反り返った渡り廊下を渡る。さらに廊下を行って左折する。白菊のいっぱい咲いている裏庭へ出た。表ての庭は花を植えていないので、小さい裏庭に四季の花を絶やさない。

その庭に面した二間つづきの小部屋がかづの部屋なのである。部屋はあかりを消している。かづは仕事を離れたときの自分一人の生活のためには、こういう小さな、いわばむさくるしい庭がほしい。草花も秩序立った窮屈な植え方ではなく、方式に則《のっと》った庭石や蹲踞《つくばい》も置かず、丁度避暑地の小さな貸別荘のような、松葉牡丹《まつばぼたん》のまわりを貝殻《がら》を並べて劃《かく》した、ああいう庭がほしいのである。だからこの庭の白菊も不ぞろいに、ある菊は丈が高く、ある菊は貧しく低い。秋のはじめには、ここは乱雑なコスモスの庭であった。

かづはわざと自分の部屋へ野口を招かず、そこが自分の居室だと明かしもしなかった。ことさら親しみを示すのがいやだったからである。そこで庭を見渡す硝子戸《ガラスど》に寄せて置かれた廊下の椅子《いす》を野口にすすめた。それに掛けるとすぐ野口がこう言った。

「あんたも強情だな。あれでは折角の親切が親切にならん」

「だって、はじめてのお客様でも、かりにも私のところで発病されたら、私が面倒を見て差上げなければ」

「そりゃあまあ、あんたの通したい筋だろう。だが、あんただって子供じゃないんだから、環の細君の遠慮がただの遠慮じゃなくて、何を言いたいかぐらいおわかりだろう」

「わかっておりますわ」

かづは一寸目《ちょっと》もとに皺《しわ》を寄せて微笑した。

「わかっているなら、あんたのもそれは意地と云《い》うもんだ」

かづは答えなかった。

「あの細君は、あんた、亭主《ていしゅ》が倒れたというしらせにも、あれだけきちんとお化粧に手間をかけて現われる女だぜ」

「大使の奥様ともなれば当然でございますわ」

「必ずしもそうとは云えないよ」

そう言いさして、今度は野口が黙ったのである。この沈黙が、かづには非常に快《こころよ》かった。

遠い大広間の絃歌《げんか》の声がここまでかすかにきこえる。かづはこのとき、やっと事件の当惑と心配から救われた。野口もゆったりと椅子に凭《もた》れて煙草《たばこ》をとりだした。かづが立って行って火を点じた。

「やあ、ありがとう」

と野口は渋い声で礼を言った。こんな礼の言葉が、女将《おかみ》と客という間柄《あいだがら》とは、別のところから響いてくるのがかづにはよくわかった。幸福感を感じると、かづはそれをすぐ口にせずにはいられない女である。

「環さんには申訳ないみたいですけれど、何だか今、私、妙にうきうきした気持になって来ましたわ。今ごろになって酔がまわって来たんでしょうか」

「そうだね」と野口はそれとは無関係に言った。「僕は今、女の虚栄心というものについて考えていたところだ。あんたにだから遠慮なしに言わせてもらうが、環夫人は亭主の死期をたとえ早めても、亭主を料理屋の一室ではなく病院のベッドの上で死なせたいわけだ。僕の情から言えば、古い友人の命はまことに惜しい。あんたに頼み込んでも、もう大丈夫というところまで、ここに置いてもらいたいのは僕の気持だ。……しかしだな、人の細君の虚栄心の前には、友人といえども友情を押し売りにするわけには行かんのだ」

「そりゃあ本当の情がおありにならないのだわ」とかづは、野口には何でも言える気持がして言った。「私だったら、人にどう思われようと、自分の情をとおしますわ。今までいつだってそうして来たのですもの。ええ、私はずっとそので、んで押し通してまいりましたよ」

「今夜もそのあんたの情を押し通しているわけだね」

と野口がかなりまじめな口調で言った。嫉妬《しっと》されていると感じたかづは有頂天になった。しかし、まことに気のいい彼女は、せずともよい釈明を急いでした。

「いいえ。そりゃあびっくりしましたし、責任も感じましたけれど、環さんに情なんかある筈《はず》がございませんわ」

「それじゃあ意地だけだ。それなら早く病人をここから出すべきだ」

椅子から立上りながらこう言った野口の言葉は、とりつく島もない断乎《だんこ》とした冷たいもので、かづはすっかり幻想を破られた。何の感情もまじえない素直な返事がそこから出たが、これはかづ一流の強気からだった。

「はい、そういたしましょう。奥様の仰言るとおりに」

二人は黙ったまま廊下をかえった。とうとう途中で、野口のほうから口を切った。

「今夜ともあれ入院させたら、僕は一旦《いったん》家へかえって、あしたの昼ごろ見舞に出ようと思う。どうせ暇な体だからね」

大広間の客はかえったと見え、ぞめきももはや聞かれなかった。雪後庵を宴《うたげ》のあとの、洞穴《どうけつ》のようながらんとした夜が占めた。かづは野口を案内して、大広間を通り抜けた。そのほうが近道だったからである。後片附をしていた女中たちが二人に頭を下げた。二人は踊りの舞台の背景をなしていた六曲二双の大きな金屏風《きんびょうぶ》の前を通った。宴のあとの金屏風の金は、沈澱《ちんでん》して、何かほんのりと火照《ほて》りを蔵して、しかも妙に暗《あん》鬱《うつ》な感じがある。

「私が出なかったので、おひらきのときに皆さん何か言っていらっしゃらなかった？」

とかづは女中の一人に訊《き》いた。年増《としま》の小才のきくその女中は怪訝《けげん》そうな顔をあげた。こういう職業的質問は、ふだんかづが客の前では決してしない習慣だったし、野口は紛れもなく客だったからである。

「いいえ。おひらきのころは、皆さん好い御機嫌《ごきげん》でいらっしゃいましたから」

と女中が答えた。

——野口とかづは八畳の襖《ふすま》を静かにあけた。附添っていた環夫人が鋭く二人を見上げた。描いた細い眉はいかにも精緻《せいち》で、黒い帽子を留めたピンが少し抜けかかっていて、その白金のピンの光りが廊下のあかりを受けてゆらいだ。

第四章　暇な同士

間もなく環大使の体は大学病院へ移された。あくる日の午《ひる》ごろ、かづが見舞に行ったとき、なお昏睡《こんすい》をつづけていると告げられた。かづは果物籠《かご》だけを病室へ贈って、自分は廊下のかなり離れた椅子《いす》へ退いて野口を待った。野口はなかなか来なかったので、かづは自分が野口を確かに好いているのを知った。

思えばかづは、そんな勝気な性格にもかかわらず、自分より年下の男を愛したことがない。若い男は精神にも肉体にもあんまり余分なものを引きずっていて、特に年上の女に対しては己惚《うぬぼ》れが強くて、どこまでつけ上るかわからない。そういう理由のほかに、かづは若さというものを肉体的に好かないのである。女から見ると、男の精神と肉体のアンバランスのみっともなさは、男自身よりも尖鋭《せんえい》に目に映るもので、本当に自分の若さをうまく着こなしている青年などというものに会ったことがない。また、若い男の肌《はだ》はつやつやしていて気味がわるい。……

かづは陰気な病院の仄暗《ほのぐら》い廊下で、こんなことをとめどもなく考えた。廊下の遠くに、環の病室の在処《ありか》はここからもはっきりわかる。すでに見舞の花籠が、病室のドアの外まではみ出しているからである。かづはふと、沢山の犬の声に気がついて窓から外をのぞいた。

うすら寒い曇り空の下に、実験用の野犬の飼われているひろい金網の囲いが望まれた。その囲いの中におびただしい粗末な犬舎が並んでいて、犬舎の形が又《また》実に不規則である。雞屋《とや》みたいにつづいたのもあれば、ふつうの番犬用の犬小屋もある。この犬小屋のほうは配置が雑然としていて、斜めになったり、横倒しになっていたりする。鎖につながれた犬が、犬舎を引張り廻《まわ》すからにちがいない。赤剝《あかむ》けになったような犬や、痩《や》せさらばえた犬のかたわらに、堂々と肥《ふと》った犬もいる。それらが一せいに、訴えるような哀れな声で啼《な》き立てている。

病院の人たちは馴《な》れっこになっているとみえ、金網の前に立止る人もいず、金網のむこう側には、古い三階建の研究室の建物が、小さな陰気な窓を並べている。窓硝子《まどガラス》は曇り空を映しているので、好奇心を失った澱《よど》んだ目のように見える。

……こうして犬の悲しい諸声《もろごえ》をきいているうちに、かづの心は温かい同情の念でいっぱいになった。そして自分の心が、これほど感動しやすい状態になっているのに、少なからずおどろいた。可哀《かわい》そうな犬！　可哀そうな犬！　彼女は涙ぐんだ。あの犬たちを何とか救ってやる工夫はないかと真剣に考えていることで、待つことの苦痛を免《まぬ》かれた。

現われた野口は、涙ぐんでいるかづの顔を見ることになった。そこで顔を見るなり、

「死んだのか？」

ときいた。かづはいそいで否定したが、もう間《ま》がわるくなって、自分の涙の理由を

説明する折を失った。

野口はそそくさとしていた。子供っぽい、とんちんかんな質問をした。

「あんたはここで誰《だれ》かを待っているの？」

「いいえ」

とかづははっきり答えた。するとその豊かな頰《ほお》にようやく微笑が湧《わ》いた。

「そんなら丁度都合がいい。見舞はすぐすませて来るから、ここで待っていなさい。僕《ぼく》も暇な人間だし、あんたも昼間は暇だろう。どうせ暇な同士だ。町へ出て午飯でも食おう」

と野口が言った。

――二人が大学病院の裏手の、だらだら坂の甃《いしだたみ》を下りて来るとき、雲が破れて、水のように淡々とした日ざしが風景の上に落ちた。

かづは車を待たせてあったのだが、野口が歩こうと言ったので、車を帰したのである。

車をわざわざ帰させてまで歩こうという野口の口調には、何だか倫理的な力があったので、かづは自分の贅沢《ぜいたく》を間接に非難されているような印象を持った。あとあとかづはこんな印象を訂正する機会に何度もぶつかったが、野口の風貌《ふうぼう》やものの言い方が、常日頃からあんまり高潔なので、彼の些細《ささい》なわがままや気まぐれまでが、倫理的に見えてしまうのであった。

道を渡って池ノ端公園へ行こうとする。その道の車の往来は織るようだが、かづは巧《うま》く渡ってしまう自信があるのに、野口はなかなか慎重で渡ろうとしない。かづが走り出そうとすると、「まだまだ」と言って引き止めるのである。かづはチャンスを空《むな》しく逸する。目の前に渡れた筈《はず》の空間が、みるみる、冬日に前窓を反射させながら迫ってくる自動車の流れで埋められる。とうとうかづはしびれを切らして、

「今ですよ。さあ今ですよ」

と言いざま、野口の手をしっかりと握って駈《か》け出した。

むこうへ渡ってからも、かづはまだ野口の手を握っていた。それはごく乾いて、薄手で、植物の標本のような手だったが、かづがまだ握っていると、野口の手はそろそろと、盗むように引き取られた。かづは全く手を握りつづけていることに無意識だったが、野口のこんなおずおずとした手の引取り方で、自分のはしたなさに気づかせられてしまった。彼の手は丁度むずかっている子供が、身をくねらせて、大人の抱擁を脱け出すような具合に逃げたのである。

かづは思わず野口の顔を見た。その険しい眉《まゆ》の下の目は鋭く澄んで、何事もなかったかのように平然としていた。

二人は池ノ端へ出て左廻りに池ぞいの道を歩いた。池を渡ってくる微風は大そう冷たく、水のおもては縮緬皺《ちりめんじわ》を立てていた。冬空の青と雲との色は、慄《ふる》える水に融《と》け合って、空の青い裂け目の色が遠くまで及んで、向うの岸の汀《みぎわ》に閃《ひら》めいたりした。ボートも五六艘《そう》出ていた。

池の堤がこまかい柳落葉におおわれ、その落葉が、黄いろばかりか、萌黄《もえぎ》の緑がかったのまであって、紙屑《かみくず》を載せた埃《ほこり》だらけの灌木《かんぼく》よりも、落葉のほうがよほど鮮やかだった。

そのとき、中学生の一団がランニングをしているのに行き会った。彼らは揃《そろ》って白いトレエニング・パンツを穿《は》き、すでに一二周したあとと見えて、少年らしい細い眉をしかめて苦しげな息をつくさまは、興福寺の阿修羅《あしゅら》像を思わせた。脇目《わきめ》もふらずに、二人のそばを、軽い運動靴《うんどうぐつ》の地をはたく音を残して駈け去った。その一人の首に巻いているピンクのタオルが、遠くへ去ってまで、枯れた並木道の下にくっきり見えた。

野口は半世紀にも垂《なん》なんとする、この少年たちとの年齢の距離を口に出して、かづに言わずにはいられぬらしく、

「えらいものだ。若いやつはえらいものだ。僕の友人にボオイ・スカウトの会長がいるが、ばかげた仕事だと思うが、そういう仕事に打ち込むやつの気持もわかるな」

と言った。

「子供は純真でよござんすね」

とかづは合槌《あいづち》を打った。しかしそういう純真さを向う岸に見て、それに羨望《せんぼう》を抱くというのではなかった。それにかづには野口の感想が、あんまり直《ちょく》で平坦《へいたん》な気がした。

二人は少年たちが池に投影を落して、池ぞいに遠く走る方を眺《なが》めた。上野広小路《ひろこうじ》のビルの群は陰鬱《いんうつ》に連なり、ほおずき色のアド・バルーンが二つ、煤煙《ばいえん》に霞《かす》む空に上っていた。

しかしかづは野口の外套《がいとう》のすりきれた袖口《そでぐち》を見つけて、彼女の発見するものが、みんな彼女を非難して来るように思った。どのみちそんな侘《わび》しい発見は、かづの手の届かぬところにあり、はじめから彼女の差出がましさを斥《しりぞ》けているように感じられた。

すると野口が、意外な敏感さを示してこう言った。

「これかい？　これは一九二八年にロンドンで作った外套だよ。気持さえ新らしく持てば、着ているものは古いほどいいと思わないかね」

野口とかづは敗荷《やれはす》に囲まれた弁天島を横切って、五条天神社の入口から上野の山へのぼり、枯れた木々の繊細な影絵のむこうに、硝子絵のような冬の青空を眺めながら、精養軒の古い玄関に達した。午餐《ごさん》の時間のそのグリルは閑散だった。

野口が定食をとったので、かづも同調した。窓ぎわのそのテエブルからは、古い鐘楼が正面に見えた。よく利《き》いた煖房《だんぼう》がうれしさに、

「寒い散歩でしたね」

とかづは率直に言った。

かづはしかしその寒い散歩を、日ごろの多忙な客商売のあいだに、ついぞ知らなかった色合で染めていた。この散歩には軽いおどろきがあった。かづは大体今自分のしていることを小煩《こうる》さく分析することはしないで、あとでまとめて考えてみようとする性質《たち》だった。たとえば人と話していて、急に涙が湧く。その涙の理由はそのときはわからず、自分の感情が自分では見えないままに、まず涙が湧くのである。

かづが寒い散歩だったと言っても、歩かせてすまなかったということを野口は言わない。そこでかづは、寒いけれどもいかにその散歩がたのしかったかということを、縷々《るる》と説明せずにはいられない。とうとうおしまいに、前菜の皿《さら》の出たのをしおに、

「それはよかった」

と野口はぽつりと言った。しかしそういう野口は無表情のまま娯《たの》しそうに見えるの

である。

かづは今までこういう男を見たことがない。多く喋《しゃべ》るのはいつもかづのほうで、寡《か》黙《もく》な客はいくらもあるが、野口はいかにもそんな寡黙でかづを引張り廻しているように思われる。こんなよろずに簡素な老人に、どうしてそんな力が具《そな》わっているのかわからない。

話が途切れると、かづは硝子箱に入った極楽鳥の剥製《はくせい》や、渋い織物のカーテンや、佳客満堂と誌《しる》した額や、川崎造船所建造の古い軍艦伊勢の図などを眺めまわした。それはいかにも江戸末期の銅版画家、亜欧堂田善《あおうどうでんぜん》風の描法で描かれていて、軍艦伊勢は繊細な波の間から、吃水線《きっすいせん》の下の紅《くれない》を蹴出《けだ》しのように見せて走っていた。こんな明治風の西洋料理屋、そこでお午を喰《た》べている古い英国の洋服を着た元大臣、こういうものにはあんまりぴったりした調和があって、何でも今栄えているものの活力が好きなかづの心を、いらいらさせるようなものがあった。

と、野口が言い出した。

「外交というのは人を見る仕事でね。僕は永い一生に人を見る目だけは自分の特技になし得たと思っている。死んだ家内は立派な女だったが、僕がこの目で一度見て、一度で決めたのだ。しかし易者じゃないから、人の寿命まではわからない。家内は終戦後間もなく病気にかかって死んでしまった。子供がないから、僕は全くの一人になった。……ああ、スープというものは、残り少なになったら向う側へ傾けて飲むものだ。そう。こういう風に」

かづは大そうおどろいたが、素直に従った。今まで彼女の洋食の喰べ方に、口を出す男なぞはいなかった。

「来年の春の話だが」と野口はかづの表情などには頓着《とんじゃく》なしにつづけた。「人に誘われて、奈良の二月堂の御水取を見に行こうと思っている。この年になって、まだ御水取を見たことがないんだからね。あんたは？」

「私もなんですよ。何度も誘われながら、つい」

「どうだい。一緒に来ないかい、忙しいだろうが」

かづは即座に「はい」と言ってしまった。

まだ三四ヶ月も先の約束であるのに、「はい」と言うや否《いな》や、気分が昂揚《こうよう》し、空想が湧き起って、寒いところから煖房の室内へ入って来たほてりが顔に昇って来たのと相俟《あいま》って、かづは上気しているのを隠せなかった。

「あんたには火のようなところがある」

と野口はこまかい彫りのついた魚肉用のナイフを動かしながら言った。自信を以《もっ》て他人に自分の観察を押しつけるとき、野口は一等満足げに見えた。

「火ですって」とかづはこう言われることがひどくうれしかったので、もう一度繰り返した。「火ですって。一体どういうのでしょう。自分ではそうも思いませんのに、皆さん私のことを火の玉のような女だって、おからかいになるんです」

「僕はからかって言ったのじゃない」

野口の言葉は苦虫を嚙《か》みつぶしているようにきこえたので、かづは黙った。

途切れた話は、次は洋蘭《ようらん》の話からはじまった。これは又かづには全く不得手な話題で、目の前の老人が少年のように自分の無益な知識を誇るのを、だまって傾聴していなければならなかった。何十年もむかし、野口が気に入りの少女に向って、いかに誇らしげに自分の知っているかぎりの知識を披瀝《ひれき》したかが想像された。

「あれをごらん。あの蘭を何と言うのか知ってるかね」

かづは自分のうしろへ首をめぐらして、台の上に乗った鉢植《はちうえ》をちらと眺めたが、何の興味もなかったので、ろくに見もせずに首を戻して、知らないと答えた。この答は何分早すぎた。

「あれはデンドロビウムというのだ」

と野口はいささか不機嫌《ふきげん》に言った。

そこでかづはもう一度首をめぐらして、仔細《しさい》に見なければならぬ羽目になった。それは台上の瑠璃《るり》いろの小鉢に植えられた温室物の洋蘭で、別にめずらしくはない花であった。木賊《とくさ》のような茎から、いくつもの小体《こてい》な紅《べに》を縁《ふち》に刷《は》いた花が、浮游《ふゆう》するような具合についていた。蘭の折紙細工のような複雑な形は、それを揺らす風もないので、一そう作り物めいて見えた。濃い洋紅の花の中心は、かづが仔細に眺めれば眺めるほど、何だか嘲笑《ちょうしょう》的な、この静かな冬の午後に不釣合《ふつりあい》な、いやらしいものに見えた。

第五章　恋に関するかづの解釈

その午後、野口と別れて雪後庵へかえってのち、かづは幸福な午餐《ごさん》の時間が、そのまま大切な仕事の時間に流れ込んで来るのを怖《おそ》れた。かづは第一に、他人が自分に対して持ってくれた格別な関心がうれしかった。こういう嬉《うれ》しさから、はじめて今までの孤独に気づいた。

野口と会っているあいだはさほどのこともなかったのに、別れたあとで忽《たちま》ちいろいろな感情が暴風のように起った。第一に、野口にいつもきれいな洗い立てのＹシャツを着せ、仕立卸しの洋服を着せるという空想に熱中した。その問題にかかずらうと、野口のほうではかづをどう思っているだろうという問題にすぐ帰着する。それを確かめないことには、彼女の世話の介入の余地がないのだ。そしてそれは全くわからない。かづは人生でもう一度、他人の心事が全くわからないという事態に出会ったのをふしぎに思う。ふしぎなばかりかひどく心外である。

どうして野口が、たとえ物はよくても、ああいう侘《わび》しい身なりをしているのかと考えると、かづにはこの男の収入が甚《はなは》だしく気になった。いずれ恩給暮しにはちがいないが、収入は決して十分とはいえまい。むかし大臣をしたほどの人にとっては、今は逼塞《ひっそく》した境涯《きょうがい》と云《い》わなければならない。夜、客の相手をするあいだも、かづはこのことがばかに気がかりで、何とか無難に本当の数字を知ることができないかと考えた。たまたま役人の席へ出たとき、みんなが停年の話をしていたので、かづはさりげなくこうきいた。

「あなた方、もし政府で料理屋を管理するようになったら、私のようなおばあちゃんはさっさと停年にしておしまいになるでしょうね。でもこんな辛《つら》い商売をしているより、恩給でももらって、遊んで暮すほうがどんなにいいでしょう。私だったら恩給をいくら下さる？」

「まあ、おかみさんなら大臣級だから、月三万というところかな」

「あらそんなにいただけるんですか」

かづは空々しく答えてみんなを笑わせた。

その晩、四畳半の自分の部屋にひとりになると、かづは眠れない頭でいろいろと空想した。

かづの居室は雪後庵の客室からは想像もつかない粗末な殺風景な部屋で、枕《まくら》もとに卓上電話が置いてあり、そのまわりには読みちらした雑誌が乱雑に積んであった。美術品らしいものは一つも置かず、床の間には小抽斗《こひきだし》が並んでいた。かづはこの部屋に敷き詰めた蒲団《ふとん》の中に横たわると、やっと自分の体になったような気がするのである。

あの人の収入は月三万とわかった。それなら今日の午餐の奢《おご》りも軽くない出費だと思われるが、それだけに厚意が心にしみた。具体的な材料が得られたので、かづの空想ははじめて翼を得た。男のかつての地位、今の貧乏、そして毅然《きぜん》たる態度、……これらは時めいている人たちばかりを客にしている彼女の職業では、一種ロマンチックな素材である。

あくる朝の散歩の日課は、その前にひらいた新聞の一隅《いちぐう》の記事で中断された。それは環の死を告げており、環は昨夜十時に病院で息を引取ったのである。葬儀は明後日の午後一時から築地《つきじ》本願寺で執り行われると書いてある。彼女は早速弔問に駈《か》けつけようと喪服まで出したが、あの晩の夫人の態度から考えて差控えた。それから二日間、待ちつづけて我慢することが、この熱情的な女の心に火をつけた。

野口は新聞の記事のあるなしにかかわらず、すぐ環の死をかづに知らせてくれるべきである。その電話が彼の愛情の、少くとも友情の目安になるであろう。しかし野口からは何の音沙汰《おとさた》もなかった。電話のベルが鳴りひびく毎《ごと》に、かづは少女のように小心になって、息がとまるような風情《ふぜい》を見せた。もし今の電話が野口からのものだったら、親友の死を告げている男の声にこたえて、彼女は自分の声の歓喜を隠すことができないだろうと怖れた。

かづは人の告別式を、こんなに待ちがてにしたことはなかった。前の日に美容院へゆこうと思ったが、それを当日の午前に延ばすことにした。葬儀の前日の朝のかづの散歩は、庭師たちの目を見張らせた。朝の挨拶《あいさつ》も叱言《こごと》もなく、うつむいたまま、いそぎ足で庭を一トまわりして、ついぞないことだが、更にもう一トまわりする女主人の姿は、物狂おしく見えたのである。あれは山姥《やまうば》の山めぐりだ、と前の持主の時分からいる年取った庭師が言った。

告別式の前夜になっても野口の電話はなかったので、かづは一種の敗北感を味わった。ところが彼女にとっては、敗北感を味わうということがそのまま熱情なのである。彼女は男が親友の葬儀委員長をつとめて多忙なので連絡の暇がないのだろう、などと考えない。そういう自分を安心させるような推測を顧みない。ただ自分が見捨てられているという感じだけで燃え立ってしまうのである。

野口にとも環夫人にともつかぬ復讐心《ふくしゅうしん》が、前の晩から、かづに十万円の香奠《こうでん》を包ませた。あの人たちの恩給の三倍以上だとかづは思った。それだけの義理もなく恩顧もないのに、こんな嵩高《かさだか》な香奠のほかに、自分の気持の現わしようがないという気になった。

告別式の当日は、初冬らしい暖かい快晴の日である。風もやわらかである。かづは朝の散歩もやめ、永い時間を喪服の着附にかけ、銀座の美容院へ車を走らせた。日のあたる窓ごしに、町を歩く若い人たちの姿を見た。かづは少し抜き衣紋《えもん》に着た喪服の胸もとをそらし、わけ知りの熱心な目をそれらへ向けた。まるで彼らは透明な姿で歩いているようである。その情念も、野望も、小さな駈引《かけひき》も、涙も笑いも、かづにはすっかり見える。

一つの町角で、男二人と女二人の学生が行き合って、日本人らしくない大袈裟《おおげさ》な仕草で手をあげて、一人の制服制帽の学生はその手を女の肩へかけたまま、その肩へ置きつづけた。女は桃いろの毳立《けばだ》った半外套《がいとう》を着ていた。そして自分の肩にかかってい る男の手も知らぬげに、小春の日和《ひより》のなかに目を細め、都電の通りへ茫然《ぼうぜん》と目を向けていた。……

そのとき青信号になって車が走り出した瞬間に、かづは奇妙なものを見た。桃いろの半外套の娘が、突然男の制帽をうばい取ると、それを車道へ投《ほう》ったのである。かづは思わず車の後窓からその成行を見たが、今し制帽はあとから来る車に轢《ひ》かれたところで、むこうの歩道には、地団太《じだんだ》踏んでいる学生の姿が見えた。

運転手はこの事件をちゃんと横目で見ていた。

「全く、このごろの若い女は、全く、何を仕出来《しでか》すかわかりませんなあ。何のためにあんなことをするんだか、全く」

と運転手が落着いた苦笑いを、頬《ほお》のうしろから窺《うかが》わせて言った。

「つまらないいたずらですね」

と喪服の女将《おかみ》は答えた。しかし彼女の胸ははしなくもどきどきして、男の帽子を奪いとって車に轢かせる若い娘の鮮烈な動作に魅入られた。それはいかにも意味のないことだった。が、それはへんに感動的で、帽子をとられたあとの学生の乱れた髪までも、かづは一瞬のうちに見てしまっていた。

——この挿話《そうわ》は、十分時間をとっておいた美容院で、念入りに髪を調えてもらっているあいだも、かづの心に永い影を曳《ひ》いた。いつも美容院では陽気になり饒舌《じょうぜつ》になるのが、今日は黙りがちになった。鏡に映っている顔は豊かで美しかったが、美容師のいつも言うお世辞は嘘《うそ》だった。その顔は決定的に若くなかった。

築地本願寺の葬儀は、かなり派手なものであった。会葬者の列が花環《はなわ》に沿うてつづいていた。かづは十万円の香奠の包みを受付に渡してから、この列に加わった。雪後庵の客の顔も二三見えたので、かづはつつましく挨拶をした。初冬の日ざしのなかに流れる香煙の匂《にお》いはすがすがしく、会葬者の多くは老人で、かづのすぐ前の老人は入歯をたえず嚙《か》み合わせる無機的な音を立てていた。

かづは行列が進むにつれて、野口の姿を見る時が迫ると思うと、心は乱れて、何も考えることができなかった。やがて環末亡人の姿が見えた。その目は悲しみというより、険《けん》のある目で、深い丁寧な会釈《えしゃく》の合間合間に上げる視線は、空中のいつも決った一点に、糸に引かれて戻《もど》るかのようであった。

とうとう野口の姿が見えた。窮屈な仕立のモーニングに身を包み、腕に黒い紗《しゃ》の布を巻き、こころもち顎《あご》を上げて、この上もない無表情を持していた。

焼香がすんだあと、かづは目近でまっすぐに野口の目を見た。野口の目は少しもたじろがず、何の感情も示さずにかづを見て、恭《うやうや》しく頭を下げた。……

こんな焼香の瞬間が、一概に期待外れだったということはできない。まことに理不尽な理由を辿《たど》って、かづはこの無表情な野口の目に接した途端に、自分ははっきり野口に恋していると感じたからである。

雪後庵に戻るやいなや、かづは巻紙に筆で次のような長い手紙を書いた。

「拝啓

今日は只《ただ》一目ながらお元気なお姿を拝し、心みち足りたる思いがいたし候《そうろう》。先日お招き下されし午餐、その前の池の散歩と申し、かえすがえすも忘れがたく、近ごろあのように嬉しきおもてなしを受けしことは無之《これなく》候。人様をもてなす身が、たまにもてなされて喜ぶか、と仰《おお》せあるべく候も、ただただ、あなた様のお心遣《こころや》りがうれしく存ぜられ候事、お察し下されたく候。

お怨《うら》み事の一つ有之《これあり》候。環様御逝去《せいきょ》の儀、新聞紙上にて早速《さっそく》拝見仕り、動顚《どうてん》いたしおり候処《ところ》、何とてお電話一本でも賜わらざりしかお怨みに申上げまいらせ候。包まず申し候わば、あれより今日まで、ひたすらあなた様のお声を待ちこがれ居《お》り申し候事、お察しも及ぶまじく、ただ一言、その旨《むね》お知らせ下さらば、お心をおかけ下さる証《あか》しにもなるべきところと、一途《いちず》に残り惜しく被存《ぞんぜられ》候。うるさき繰言をおきかせ申上ぐるは、本意《ほい》なく候えども、これもお慕い申上ぐるあまりの心はやりと、何卒思《なにとぞおぼ》し召し捨てられたく、お願い申上げまいらせ候。一日も早き、又のお目もじを生甲斐《いきがい》にいたしおり候。

かしこ」

――あくる日かづは、踊りの温習会の義理の見物に出かけ、「保名《やすな》」の冒頭の、

「恋よ恋、われ中空《なかぞら》になすな恋」

の文句をきいて涙を流した。

次の日の午《ひる》ちかく、野口から電話があった。彼はさりげない話をし、手紙で責められたことについては一向触れなかった。

電話の声は、ユーモアもなく荘重の一語に尽きたが、途切れ途切れ、かなり長くづいた。二人は又会う約束をした。

おしまいにかづはとうとう辛抱し切れなくなって、

「なぜあなたの口から知らせて下さいませんでしたの」

と些《いささ》かしつこい怨み言を言った。野口は電話のむこうで黙り、ものを引摺《ひきず》るような間《ま》のわるげな含み笑いがまじって、不透明にこう言った。

「要するに、まあ、理由はない。面倒臭かっただけだな」

この返事はかづには殆《ほと》んど理解が行かなかった。「面倒臭い」。それは明らかに、老人の言葉だった。

第六章　旅立ち迄《まで》

それから二人はたびたび逢《あ》い、かづは野口の家をも訪ねた。野口は椎名《しいな》町の古い家に一人で住んでおり、世話をしているのは中年の醜い女中であったので、かづは安心した。たちまちかづは、何くれとなく野口の身のまわりの世話を焼くようになった。正月のための料理は雪後庵《せつごあん》からみな届けさせた。

野口の書斎の棚《たな》は洋書に充《み》たされ、自分の読めない言葉にかづは敬意を抱いた。野口もよくこの効果を知っていて、かづが訪ねて来るときは書斎で会った。まわりの本棚を見まわしながら、かづは無邪気な質問をした。

「これをみんなお読みになったんですか」

「ああ、殆《ほと》んど読んだ」

「中には怪しげな御本もあるんでしょう」

「そういうものは一冊もない」

こんな断言で、かづはしんからおどろいた。知的なものが知的なものだけで成立っている世界は、彼女の理解の外にあった。すべてに裏がある筈《はず》ではなかったか。かづに野口が絶えず新鮮な感銘を与えるのも、この人物だけには裏側がなくて、こちらに向けている面だけしかないように思われるかららしい。もちろんかづは、原則的にそんな人間の存在を信じていない。信じていないけれども、そういう一種もどかしい、不完全な理想の姿が、だんだん野口の上に形づくられてくる。そうすると、野口のしゃっちょこ張った身の処し方そのものが、云《い》おうようなく神秘で魅力あるものに思われてくるのである。

野口と附合ううちに、かづは世間が野口の存在をほとんど忘れているのを発見して、それに少しも動じない野口の心事をふしぎに思った。野口が今抱懐している革新的な政治思想に、彼女は何の興味もなかったが、こんな思想の新らしさと、世間の忘却との間には、どうしても早晩修正されなければならない不調和があると考えられた。死んだような生活といきいきした思想とが、どうして同居していることができよう。野口は二度目に代議士に落選したのちも、革新党の顧問に名を列《つら》ねていたが、その会合に出るときも、車の迎え一つ来るではなく、国電の吊革《つりかわ》にぶら下って出かけるのを知って、かづは義憤を感じた。

野口の家を訪れるたびに、かつて野口のシャツの汚れやすりきれた袖口《そでぐち》が気になったように、左右が不均整になった門扉《もんぴ》や、ちりちりにけば立って埃《ほこり》にまみれた木造の洋館のペンキや門内の銭苔《ぜにごけ》や、壊れたままになっている玄関のベルが気にかかる。いまだにかづは、勝手にそういうものを修繕する自由がないし、野口のほうにも或《あ》る程度以上のかづの厚意を寄せつけまいとする構えがある。そういう構えは水くさくもあるが、かづにもっと近寄りたいという刺戟《しげき》を与える。

正月にかづが誘って、二人で歌舞伎《かぶき》座へ芝居を見に行ったとき、かづは悲しいところはのがさずに泣き、野口は終始冷然としていた。

「どうしてあんなばかばかしい芝居を見て泣くんだ」

と幕間《まくあい》の廊下で、野口は面白《おもしろ》そうに訊《き》いた。

「どうしてってことはありませんけれど、自然に涙が流れて来るんですから」

「その自然にといふところが僕《ぼく》には面白い。そこをよく説明してみなさい」

野口は小娘をいじめるように、荘重な語調でかづをからかった。少しも自分が猫《ねこ》をかぶっているつもりはなかったが、かづはそんなとき、正直に野口にからかわれ、正直に野口を怖《おそ》れた。

その日、劇場で野口はダンヒルのライターを落した。これを失《な》くしたときの彼の狼《ろう》狽《ばい》はおどろくほどで、先程までの権威と冷静さも消えてしまった。二番目狂言の途中で失くしたことに気づいたのであるが、彼は中腰になってあらゆるポケットをまさぐり、「ない。ない」と言う顔の表情は、ふだんの野口とまるで変っていた。

「どうなすったんです」

とかづが尋ねても答えない。野口はとうとう膝《ひざ》をかがめて、座席の下へ首をつっこんだ。そのうちに気がついて、可成《かなり》大きな声で独り言を言った。

「そうだ。廊下だ。廊下にちがいない」

周囲の観客がふりむいて眉《まゆ》をひそめたり、舌打ちをしたりする。かづは先手を打って席を立ったので、野口はかづに従った。廊下へ出たところで、

「一体何をお失くしになったんです」

と今度はかづが冷静にきいた。

「ダンヒルのライターだよ。今日本で買おうと思っても、昔のやつは絶対に手に入らん」

「私たちがこの前の幕間に話していたのはあのへんでしたね」

「そうだ。あのへんだ」

野口が殆んど息を弾ませているので、かづは気の毒になった。その場所へ行ってみても、鮮やかな紅いろの絨毯《じゅうたん》の上には何も落ちていない。開演中の受付で暇を持て余しているらしい中年の事務服を着た女が、近づいて来て、

「お探しのものはこれじゃございませんか」

と言う。手に示しているのは、たしかに野口のライターである。

これを見たときの野口の顔はいかにも率直に喜びをあらわし、あとあとまでもかづはこれを思い出して、「ライターばかりじゃなくて、人間にもああいうお顔をして見せて下さいましな」と度々野口をからかった。しかしこんな事件は、一向かづの落胆のたねにならなかった。かづは偏見のない目を持っていたので、野口の自分の所有物に対する子供らしい無邪気な愛着だけを見たのである。

こういう事例はこれにとどまるのではなかった。霞弦会《かげんかい》の例会の折、

「もう過去の話はよしにしようよ。われわれはまだ若いんだから」

と野口は言ったが、過去の栄華の思い出については、なるほどその通りでも、過去の品物にはひどく愛着があった。近しくなるに従って、かづはしばしば野口が、懐中用の古めかしい櫛《くし》を出して銀髪を梳《くしけず》るのを見たが、きいてみると三十年来愛用している櫛であった。若いとき髪が大そう強《こわ》く、ふつうの櫛では歯が折れてしまうところから、特に誂《あつら》えて、黄楊《つげ》の岩乗《がんじょう》な櫛を製《つく》らせたのだそうである。

これらのことは一概に吝嗇《りんしょく》や貧しさのためとは云えなかった。アメリカ流の消費経済が生んだ、新製品ばかり追っかける浅薄なお洒落《しゃれ》に抵抗して、野口は英国流の旧套《きゅうとう》墨守《ぼくしゅ》のお洒落を頑《かたく》なに持していた。儒教風の節倹精神は、こういう貴族趣味とよく結びついた。かづは野口の時代おくれを誇張するようなダンディスムを理解しかねた。

真冬になっても欠かさない朝の散歩の折、きらめく霜柱を踏みしだきながら、かづは何かの加減で、自分は野口の元大臣という貴族的な経歴と、革新思想という現在の彼の信奉しているものと、どちらがより多く好きで、どちらにより多く魅力を感じているのか、と思い迷ったりすることがあった。前者は俗耳にも入りやすい金ぴかな光彩を帯び、後者はわからぬながら未来へ向って生きて動いてゆくものを感じさせた。それらはかづには、渾然《こんぜん》とした肉体的特徴に近いものになっており、彼の尖《とが》った鼻が好きか、あるいは秀《ひい》でた耳が好きか、と問われるようなものだった。

彼らの恋はきわめて徐《おもむ》ろに進行し、二人がはじめて接吻《せっぷん》をしたのは、正月にかづが野口の家へ年賀に行ったときであった。かづは青磁の地に細流《ささなが》れを白、蛇籠《じゃかご》を銀、姫小松を緑のぼかしで染めた一越《ひとこし》の着物に、銀鼠《ぎんねず》地に朱と金とで大きな伊勢海老《いせえび》を縫取った帯を締めていた。ミンクのコートは脱いで、車のなかに置いた。

新年にも門を閉ざして、野口の家は落莫《らくばく》としていた。しかしその壊れた呼鈴のようやく直ったことをかづは知っていた。幾度か訪れるうちに、長いこと待たせてあらわれる中年の女中も、蔑《さげす》むような表情でかづを見るのにかづは気づいていた。あるとき主人がドイツ語の書名を言って、この女に本棚《ほんだな》から本をとらせたことがある。女は澱《よど》みなくドイツ語の書名を復誦《ふくしょう》し、棚に目を走らせて、すぐその本を抜き出した。このとき以来かづはこの女を憎んだ。

大通りから隔たったこのあたりは、羽根つきの冴《さ》えて乾いた遠い音のほかには、何の音もしない。車から下りて、門の呼鈴を押して、いつまでも待たされている姿を、運転手の手前恥かしく思うのは毎度のことだ。澄んだ冬の日に斜めに照らされた小さな門松だけがこの家で鮮《あた》らしい。

かづは人通りのない門前の道をじっと見ている。日ざしがところどころ鋪装《ほそう》の剝《は》げた道のおもての複雑な凹凸《おうとつ》を際立《きわだ》たせている。そこに立木の影、電柱の影が落ちている。道の一部に露《あら》われている霜どけの黒いあでやかな土、その上に印された太いタイヤの轍《わだち》が光っている。

かづは羽根つきの音に耳を澄ます。どこか近くの庭からのようであるが、羽根つきの子の姿は見えず、笑い声もしない。音が絶える。ああ、羽根が落ちた、とかづは思う。又しばらく調子よく音が弾んでつづく。又絶える。……このもどかしい繰り返しのあいだに、かづは霜どけの黒い泥濘《ぬかるみ》へ落ちた極彩色の羽根を思い描いた。すると忽《たちま》ち、見えない塀《へい》の内部で絶えつ続きつしている羽根つきは、何かしら人目をしのんだ秘戯のように思われて来た。

耳門《くぐり》に近づく下駄《げた》の音がきこえた。いやな女中に会わねばならない緊張からかづは身構えた。耳門があいた。迎えに出たのは野口自身であったので、かづは意外なおどろきで顔を赧《あか》らめた。

「女中を遊びに出したのでね。今日は僕一人だ」

と紋附袴《もんつきはかま》の姿の野口が言った。

「おめでとうございます。まあ、紋附をお召しになると立派だこと」

かづは耳門をくぐりながら、野口の着附のきちんとしていることにすぐさま嫉妬《しっと》を抱いた。誰《だれ》が着せたのだろう？　そう思うと、廊下を渡って、座敷へとおるまでの間に不機嫌《ふきげん》になった。

野口はいつでもそういうかづの不機嫌に知らぬ顔をするのである。そして手ずから屠蘇《とそ》の銚子《ちょうし》をとって、かづにすすめようとする。新年匆々《そうそう》、いやな気持で蒔絵《まきえ》の杯を手にとらねばならないと思うと、いつものように、かづは自分のほうから狼煙《のろし》をあげた。すると野口はこう言った。

「ばかばかしい。女中が着せたのだ。洋服の世話は行き届かないが、着物となると張り切るのだよ」

「私を思って下さるのだったら、あの女中に暇をやって下さいまし。女中なら、もっと気の利《き》いたのを、いくらでもお世話しますわ。暇をやって下さらなければ」と言いさして、かづは泣き出した。「家にいても、私は心配で、おちおち寝られやしません」

野口は沈黙で抵抗した。庭の寒紅梅の下の竜《りゅう》の髯《ひげ》の碧玉《へきぎょく》の実を数えている。しばらくかづの訴えをきいていてから、思い出したように銚子をとりあげた。かづは涙に濡《ぬ》れた手巾《ハンカチ》の上に、無理にすすめられた木杯を一旦《いったん》とったが、忽ちそれを畳の上へ放り出して、野口の仙台平《せんだいひら》の袴の膝へ顔を伏せて泣いた。そのとき、手巾の乾いたほうをひろげて袴にあて、袴がよごれぬように気を配った。

野口の手がしずかに帯のお太鼓の上を撫《な》でた。そうしているとき、かづは抜いた襟《えり》からのぞかれるつややかな背中が、白い香りのよい粘りの強い肉を湛《たた》えて、野口の目を惹《ひ》くことを確実に知っていた。撫でている野口の手のうごきの、放心したような静けさにも、かづのよく知っている音楽のようなものがあった。そのあとで二人は最初の接吻をしたのである。

第七章　二月堂御水取

奈良の御水取を見にゆく旅は、かづとの久しい約束でもあったが、同時に、新聞社の重役の友人からかねて誘われていた旅でもあった。当然旅の一切は新聞社の招待で、ほかに八十翁《おう》のジャーナリストや、実業家が一人と、年老いた経済評論家が加わることになっていた。かづはこの委細をきくと、どうして野口がそういう半ば公式の旅へ自分を誘ったのか解《げ》せなかった。

公私の別を重んずる野口のことだから、かづを黙って招待に便乗させようというのではあるまい。しかしもし私費で行くなら、二人だけで別の土地へ行けばよいわけで、わざわざそんな人目に立つ旅をしなければならぬ理由はない。かづは御水取の行事を人からもきいているが、たとい野口とかづが新聞社の一行と別行動をとっても、いずれ夜の二月堂で顔を合わすことになるに決っている。

その上かづは、野口に大きな経済上の負担をかけるのが心苦しい。野口のそういう友人たちの前で、自分が肩身の窄《せま》い思いをするのもいやである。料理屋の女将《おかみ》としてなら、どんな権門を相手にしても平気だが、私的な資格でいてそういう人たちと職業的な口をきかねばならぬのもいやである。

かづはあれこれ揣摩《しま》するばかりで、野口が何の説明をも与えぬのにいらいらした。とうとう思い屈して、二十万円の包み金を持って野口を訪れた。旅費として差出そうと思ったのである。

かづは名望のある政治家が、平気で現金をうけとることに馴《な》れていた。永山元亀にも、すでに十万、二十万と、百万あまりの小遣をとられている。

しかし野口の場合はこれとちがって、金が二人の最初の口論のもとになった。よくきくと、野口は今度の旅行について、実に簡単な考え方をしていた。

「あんたの汽車賃と宿代を僕《ぼく》が払えばいい。僕はもとからの招待ですむことだ。雪後庵の女将を連れてゆくと言ったら、皆も喜んでいたし、一緒に招待すると先方は言ったが、その分だけは僕が出すと突張ったのだ。それで筋が通るじゃないか」

「だって私にしてみれば、貴下《あなた》とのはじめての旅行に、どこか静かなところへ二人きりで行きたいんですわ」

「そうかね。僕は又、あんたを友人に見せたいと思ったのだ」

それまでの長い口論が、この最後の一言でぴたりと静まってしまった。かづは心を搏《う》たれ、こんな男の純一無雑な気持に晴れがましい喜びを味わった。

「それじゃ仰言《おっしゃ》るとおりにいたしましょう。その代り、皆さんのお供をさせていただいた御礼に、旅行のあとで、皆さんを雪後庵にお招きしてはいかがでしょう」

「それはいい考えだ」

と野口はごく冷静に同意をした。

十二日朝九時発の「つばめ」に乗り込むために、東京駅で旅の一行が相会すると、かづは野口が大そう若く見えるのにおどろいた。当然のことで、男五人のうちの三人まで齢《よわい》七十をこえていたからである。

旅へ出る着物にかづはいろいろと工夫をしていた。これはいわば野口との間柄《あいだがら》を世間へはじめて公表する旅であるから、何とか野口雄賢の名前を着物に染め出そうと思ったのである。それにしてもこんないかつい姓名のうち、絵になるのは「野」の一字だけだ。

かづは早くからその仕度にかかり、いろいろ考えた末、野口の名にゆかりのある柄も、人からわからなくても自分一人わかっていればいいのだと考え、大人しく黒の鶉《うずら》縮緬《ちりめん》に白抜きで土筆《つくし》と蒲公英《たんぽぽ》を附下《つけさ》げに染め、それに金泥《きんでい》で陰翳《いんえい》をつけて春の「野」をあらわした。旅らしく萌黄《もえぎ》の間道《かんとう》の帯に、雲絢《うんけん》模様の帯留をした。滝縞《たきじま》の地紋のある素鼠《すねずみ》の羽織には葡萄紫《ぶどうむらさき》の裏をつけたが、この羽織裏に趣向を凝らしたのである。

八十歳の白髪の老人は、日本のジャーナリストの草分けともいうべき人物で、みんなが大いに敬重している。法学博士で、しかも英文学の飜訳《ほんやく》もたくさん残していて、英国流の皮肉屋で、社会の進歩にはすべて賛成するが、売春禁止法だけは反対だというこの独身の老人は、野口をも君づけで呼んだ。隠退実業家は洒脱《しゃだつ》な俳人であり、経済評論家はたてつづけに人の悪口を言っていた。

みんな気持のよい老人たちで、かづを無視するでもなく、わざとらしく御機嫌《ごきげん》をとるでもなく、奈良までの旅は愉《たの》しく運んだ。経済評論家が政財界の一人一人に、馬鹿《ばか》、能なし、夜郎自大《やろうじだい》、日和見《ひよりみ》主義、精神薄弱、きちがい、お為《ため》ごかし、おっちょこちょい、史上最大の吝嗇漢《りんしょくかん》、動脈硬化、うすのろ、てんかん持ちなどの評語を与えてしまうと、話は俳句のことになった。

「私は俳句には西洋人のような見地しか持つことができませんよ」と八十歳の老人が言った。そして持ち前の博覧強記でこうつづけた。「寺田寅彦《とらひこ》の『俳諧瑣談《はいかいさだん》』という随筆のなかに、ドイツの若い物理学者が日本へあそびに来て、すっかり日本通になって、日本人の友だちに、自慢げに、『俳句を作ったよ』と言って見せたという話が出ている。その俳句はこういうのだ。

『鎌倉に鶴《つる》が沢山居《お》りました』

なるほどちゃんと五七五にはなっている。私のだって、これと逕庭《けいてい》はないので、今R君のお話をきいていて出来た句が、

『政界も財界もみな馬鹿ぞろい』」

一同は笑ったが、こんな冗談が青年の口から洩《も》れるのだったら、誰《だれ》も笑おうとしなかったろう。かづは話が俳句のことになると、羽織裏が気にかかり、煖房《だんぼう》の利《き》いた車内でありながら、羽織を脱ぐのがためらわれた。やがて話は俳句から離れた。

かれらの会話は、いかにも記憶の確かさ精密さを競うことに、重きが置かれすぎていた。それをじっときいていると、青年たちが女に関する知識で虚栄心を競っている

会話と、どこか似ているような感じがする。不必要な精密さ、不必要な細部への言及、そういうことでまことらしさを確保しようとする慮《おもんぱか》り。たとえば昭和十二年の話をするにも、若い人なら却《かえ》って、

「そうだな。昭和十年か、十二年ごろかな」

と言ってすますところを、

「そうですね。あれは昭和十二年、六月の七日ですよ。たしかに七日だ。土曜日だったと思う。勤めが早く退《ひ》けたから」

とまで言ってしまうのである。

会話が活気を帯びれば帯びるほど、衰亡と必死に戦おうとする努力も増して、そういう努力が外見はいよいよ活気に似て来るのだ。しかしここでも野口は例外だった。大体野口がどういう興味でこういう交際を好むのか、かづにはわからなかったが、彼だけは威厳を以《もっ》て自分の「若さ」を保っていた。あいかわらず最少限の合槌《あいづち》を打ち、話に退屈すると、剥《む》いたポンカンの房《ふさ》を丹念に数えて、丁度半分の数だけの房を、黙ってかづに頒《わ》けてくれたりした。ポンカンの房には大小があって、同じ数だけ頒けてくれても、その分が半分より小さいのである。かづは可笑《おか》しさをこらえて、その皺《しわ》の多い、果肉に神経質に貼《は》りついた、夕月のような色の薄皮をつくづく眺《なが》めた。

午後六時半に大阪へ着くと、一行はすぐ迎えの車に乗って、奈良ホテルへ直行し、休む間《ま》もなく揃《そろ》って食堂へ出た。奈良は異常に温かかった。かねて御水取の厳しい寒さを吹き込まれていたので、かづも老人たちと共にこの暖かい夜を喜んだ。

奈良東大寺二月堂の修二会《しゅにえ》、いわゆる御水取行法は毎年三月一日からはじまるのである。しかし十二日夜の籠松明《かごたいまつ》と、十三日早朝の御水取や達陀《だったん》の妙法で頂点に達する。見物人の大ぜい集まるのもこの十二日の夜である。

夕食ののち、一行は二月堂へいそぎ、堂下にすでに集まっている夥《おびただ》しい人数におどろいた。それは宗教的行事に集まったというよりも、異常な事件を期待して来た群衆のように見えた。

大松明のはじまる時刻は迫っていたので、一行は僧侶《そうりょ》に案内されて、二月堂の舞台の下へ、夜闇《やあん》にひしめいている群衆をかきわけて行った。野口はかづの手を引いて、危い足もとを意に介しないで進んだが、あの上野の車道を渡りかねた野口とまるで反対で、彼は自動車は怖《おそ》れるが、人間はこわくないらしかった。鄙《ひな》びた人たちを押しのける彼の態度には、根深い威厳があらわれていた。

群衆の雪崩《なだ》れ込むのを防ぐために組まれた竹矢来のほとりまで、立派なお客たちは案内された。そこは竹矢来ごしにすぐ目の前に、登廊の石段の下に接している。八十翁はこんな難路にもうこりごりして、矢来につかまって息をつき、新聞社の重役はしきりに心配して、翁のために小さな折畳椅子《いす》を都合してきた。

かづは草履を台無しにした。枯芝のまばらな斜面が霜どけの泥濘《ぬかるみ》に浸っている。少しでも足もとを庇《かば》おうとして、かづも亦《また》矢来につかまり、首をめぐらして背後の野口にほほえみかけた。野口の笑顔は闇《やみ》に包まれていた。彼の顔のずっと上の方に、荘厳な二月堂の舞台の勾欄《こうらん》と、ふかぶかとさし出された庇《ひさし》が仰がれた。庇の内側は神秘的に明るみ、堂のまわりの鉾杉《ほこすぎ》の木《こ》の間《ま》には数滴の星が光っていた。

今や「七度の使」がはじまっていた。松明をかざした加供《かぐ》奉行が、勇ましく股立《ももだち》とった姿で、石段を何度も駈《か》け昇り駈け下りしていた。時香の案内、用事の案内、出仕の案内……、その「案内」の高声と松明の火のしたたりとが、ものものしい気配を整えた。古密教や両部神道の古い由緒《ゆいしょ》を知らない人たちの目には、こういう事ありげな加供奉行の姿、そのあわただしい振舞、その一心な行動が、何か凶変の起りつつあるしるしのように見えるのだ。そして奉行もいず松明にも照らされないあいだの石段の寂寥《せきりょう》は、何事かやがてその空白の石段の上に起らなければならないという感じを与える。もともと信心の篤《あつ》いほうではないかづは、目に見えないものに心を惹《ひ》かれることが少なかったが、こうして竹矢来につかまって、舞台の廻廊《かいろう》へ通ずる石段が闇に冷え冷えとほの白く浮んでいるのを見上げると、自分の心もいつのまにかその石段を登って、目に見えない世界の大事《だいじ》に与《あずか》っているような気がするのであった。

明るく楽天的な女だったが、かづは時折、死後について考えることがあった。するとそれはすぐ罪障の思いと結びついた。野口の外套《がいとう》の温か味を背中から脇《わき》に感じていると、今までは野口の前で思い出しもしなかったむかしの情事の数々が蘇《よみがえ》ってきた。若いかづのために死んだ男もある。社会の底に沈淪《ちんりん》した男もある。地位や財産を失った男もある。ふしぎにかづは、男を見事に育て上げたり、成功させたりしたという経験がない。彼女にそういう悪意があるわけでもないのに、男が概《おおむ》ねそれを堺《さかい》に落ちてゆくのである。

かづは闇に浮ぶ石段を見上げたまま、死後のことに思い及んだ。過去はひとつひとつ足許《あしもと》から崩れて、身を倚《よ》せるべきところはどこにもない。もしこのまま死んで行ったら、弔《とむら》ってくれる人は一人もあるまい。死後を思ったら、頼るべき人を見つけ、家族を持ち、まっとうな暮しをしなければならないが、そうするためには、やっぱり恋愛の手続を辿《たど》るほかはないと思うと、又しても罪障を怖れずにはいられない。つい去年の秋まで、雪後庵の朝毎《ごと》の散歩に、世間も人の心も庭を見るように見晴らしがきき、何ものもう自分を擾《みだ》すことはないという確信に充ちたのも、その明澄《めいちょう》さ自体が地獄の兆《きざし》ではなかったかと思われて来る。……そして先程案内の僧侶にきいた、その修二会の行事が一貫して懺悔《ざんげ》滅罪の練行であるという由緒も、かづには自分の身《み》に添えてわかるような気がした。

いよいよ松明が出るという囁《ささや》きが周囲に起った。すでに造り上げられた十二本の籠松明は、湯屋の傍《かたわ》らにならべてあるのだそうである。その一本一本は巨大な根節のついた松明竹で、周囲が一尺二三寸、長さが四間もあり、その先に径四尺あまりの球籠形の松明がついているのだという。

竹矢来の向うには三角の高い衿《えり》を聳《そび》やかした金襴《きんらん》の袈裟《けさ》の僧が数人立ちふさがり、その肩のあいだから松明の出現を覗《のぞ》き見ようとして、背の決して高くないかづは、野口に小さな声で、「おぶって頂戴《ちょうだい》」とたのんだ。野口はあいまいに笑い、マフラーに埋めた首を振った。そのとき、かーっという音がして、野口の顔はありありと焔《ほのお》に照らし出された。

かづは矢来のむこうへいそいで目をやった。黄に映える白壁の罅《ひび》や楽書の一つ一つまで、あきらかに照らし出した火の響きがあの音だった。突然大きな焔が目の前にあらわれ、中啓をかざして火を避《よ》ける数人の衿高の僧のうしろ姿は影絵になった。爆《は》ぜる火の固まりと松明に挿《さ》された檜《ひのき》の青葉とが目の前にあらわれ、巨大な竹を担《にな》った童子と呼ばれる若者の、火に照り映える逞《たく》ましい腕があらわれた。かづは息を詰めて、この火の固まりが、石段をのぼってゆくのを見送った。

童子は二十貫もある松明竹を肩一つに担って、石段を登ってゆく。火はたらたらとこぼれ、石段のそこかしこに紅蓮《ぐれん》を咲かせる。時あって登廊の柱にも火がついて燃え出すのである。そのあとを白衣《びゃくえ》の仕丁《じちょう》が、水を含ませた帚《ほうき》で掃き消しながら登ってゆく。

堂下を埋めた群衆のはりつめた凝視のなかで、火のこのように奔放な孤《ひと》りの姿が、かづの目を興奮で潤《うる》ませた。かづは声にはならぬ声を咽喉《のど》の奥で立てながら、汗ばんだ手で野口の手を固く握った。

「どうでしょう！　どうでしょう！　奈良まで来た甲斐《かい》がありましたわ」

やっとそう言った。

そのときすでに大松明は登廊を昇りきり、二月堂の舞台の廻廊の、左端の勾欄に身を憩《やす》めた。再びかーっという火の響きがかづの耳もとに起った。次の松明が登廊の下から現われたのである。

これと同時に舞台の上の松明は、炎の獅子《しし》のように狂奔して、ふりまわされ、おびただしい火の粉が、群衆の頭上に降った。ついで火は、廻廊の上を右端へ向って走り出し、広い庇の内側はあかあかと照らし出された。そして右端の勾欄で、やや火勢の衰えた松明がふりまわされるとき、鉾杉の深い緑は、飛び交う火の粉に巻かれて、一《ひと》際《きわ》鮮やかになった。

闇に涵《ひた》された群衆は、今は闇から浮び出て、声高《こわだか》な唱名《しょうみょう》もいちめんの叫びに紛れた。その頭上には金砂子《きんすなご》のような火の粉が降りつづけ、二月堂のくろぐろとした建築の壮大がのしかかっていた。

「どうでしょう！　どうでしょう！」

とかづは言いつづけた。野口が気がついたとき、かづは泣いていた。

＊＊＊

かれらがホテルへかえったのは、昧爽《まいそう》もちかい頃《ころ》であった。御水取の行事のあと、早朝の達陀《だったん》の妙法まではとても待てなかった。ホテルの部屋にかえると、窓外に遠く雞《にわとり》の声をきいた。しかし空はまだ白みかけていなかった。

一風呂《ひとふろ》浴びてから寝《やす》もうと野口は言った。かづの目はなお興奮にかがやき、疲れてはいるがとても眠れそうにもないと言った。かづは羽織を脱いだ。それを畳みかけてから、野口の注意を羽織の裏へ惹《ひ》いた。

あかるい部屋の燈の下で、寝台の上にひろげられた羽織のかたわらへ、野口は寄って来た。葡萄紫の裏地は沈静で美しかった。それに白抜きで、かなり上手な手《て》で、発句が書かれていた。

「何だね」

と野口はネクタイをほどきながら言った。

「宗祇《そうぎ》の発句ですわ。この旅行のために、書家にたのんで、書いていただいたんです。もう春ですしね」

かづはそもそも宗祇の句をすすめたのが、呉服屋の入知恵であったことは言わなかった。

「待《まつ》とだに」と野口は読んだ。

「待《まつ》とだに

しらばやすらへ

はるの花」

野口はネクタイをほどく手をやめて、黙って永いことこの句に見入った。その老いた静脈の一杯浮いた枯れた男の手を、かづは美しいと思った。

「なるほどね」

とようよう野口が言った。感想はそれだけだった。その夜明け、六十をすぎた男と

五十の女は一つ寝床に寐《やす》んだ。

第八章　華《か》　燭《しょく》

御水取からかえって一週間後、かづは待ちかねて、旅の一行を返礼に雪後庵《せつごあん》へ招いた。その夜の献立は次のようであった。

前菜　土筆《つくし》胡麻《ごま》あえ、小川燻製《くんせい》、吹木《ふき》東寺巻、穴子白煮、小鯛《こだい》笹巻寿《ささまきず》し。
吸物　梅仕立、大星、浅月、木ノ目。
作り　活鯛《いきだい》松皮作、島鯵《しまあじ》。
焼物　大車海老《くるまえび》塩焼、生椎《なまじい》、千社唐《ちしゃとう》味噌漬《みそづけ》。
煮物　鳴門《なると》若布《わかめ》、新竹の子、木ノ目。

部屋は、小人数の客であるのに、特に大広間を用意した。それはのちのちまで思い

出すべき、忘れがたい晩になることがわかっていたからである。

奈良の旅では多忙な人たちが先にかえったあと、野口とかづは残ってなお二泊滞在した。寺々もまわってみたし、うららかな午前、修二会《しゅにえ》もあらかた果てた二月堂を再訪して、例の石段から舞台にも上ってみた。あの日にあれほど豪快な働きをした童子たちは、日ごろの愚直な農村青年の顔に戻《もど》って、石段の日向《ひなた》に腰かけて日向ぼっこをしていた。舞台から見下ろすと、斜面の枯芝はあたかも野焼きのあとのようで、下萌《したも》えのにじむような青みのかたわらに、ところどころ焦《こ》げた草の根が日を浴びて、すこやかな末黒《すぐろ》を示していた。

言葉すくない散歩の途《みち》すがら、野口はごく理性的な口ぶりで話し、話は行きつ戻りつして、おのずから二人の結婚の話になった。かづも感情に走らずに、よく野口の意を承《う》けて喋《しゃべ》り、まっすぐに自分の意見も述べた。いずれにしてもかづは雪後庵をやめる気はなかった。そうかと云《い》って、野口雄賢ほどの男が、雪後庵に来て住むわけには行かない。そこで結婚生活は変則なものとならざるをえない。毎週末にかづが野口の家へかえる。夫婦が野口の家で週末をすごす。月曜の朝になると、かづは又小石川の仕事の場所へ戻る。……これが二人で考えた程のよい結論であった。

早春のきよらかな大気と、古都の静けさのおかげで、二人がゆっくりゆっくりと歩を運びながら、練った計画、到達した解決は、いかにも理性的なものに思われた。かづもこんな思いがけない幸運が、静かな喜びだけを運んで、荒々しい昂奮《こうふん》をもたらさないのをふしぎに感じた。

かづは今、貴顕の夫人になるのである。これは考えてみれば、彼女が永い人生の到達点として、久しく夢に描いてきたものである。新潟に生れて、両親を失《な》くして、親《しん》戚《せき》の料理屋の養女になって、最初の男と一緒に東京へ飛び出して、……それからさまざまの苦労のあげくに、今日《こんにち》の地位を得たかづは、自分が一旦《いったん》心に念じたことは、いつか必ず実現するという確信を持っている。いかにも理不尽な確信だが、今までの人生は、曲りなりにもその確信どおりに動いて来たのである。

彼女は去年の秋まで、望みが悉《ことごと》く成就して、この確信も今では用済みになったという心境にいたが、野口と会ってから、自分の心が思いがけず燃え上るのに愕《おどろ》いて、まだ一つの残る確信の効用に気づいたのであった。

のちのち、かづが世間から何度も誤解の目で見られるにいたったのも、彼女の情熱とこうした確信とのふしぎな符合にあった。野口に対するかづの熱情が功利的なものだったと言ってはならない。また彼女がひたすら名聞《みょうもん》を求めたと言ってはならない。むしろ野口との恋はあまりにも自然に運んで、かづが思うままに振舞っているうちに、強《し》いて実現をあせりもしなかった夢が、目の前で成就してしまったのだ。醸造のあいだは夢中でいて、いざ酒が出来てみたら、心に叶《かな》った味だったというにすぎない。しかし誤解は、正直すぎるかづが、野口との結婚に示した無邪気すぎる喜びから生れてきた。彼女はもう少し悲しそうに、それを享《う》けるべきであったのだ。

三月二十二日の夜はすでに暖かく、早くから来ていた野口は、かづといろいろ客を迎える打合せをした。こんなときも野口は悠々《ゆうゆう》と座《すわ》って、かづを傍《かたわ》らに置いて指図を与え、まるで感興のないような顔をしていた。

献立を野口に示したあとで、かづはこう言った。

「今日はこの御献立にない特別な一皿《ひとさら》をお出ししますわ。御水取に因《ちな》んだものなんですけれど、重いお料理だし、あんまりあとに出しては、皆様召し上れなくなると困りますし、そうかといって、貴下《あなた》が皆さんに例のお話を発表なさるのは、後のほうがよろしいんでございましょう」

「僕《ぼく》の発表とその特別料理とどういう関係があるんだね」

と野口は、美しく筋目を立てた火鉢《ひばち》の灰に、無雑作に火箸《ひばし》で穴をあけながら、ちょっと疑わしそうに訊《き》いた。

「だって」とかづは、いつもながらの野口の反応を怖《おそ》れながら言い澱《よど》んだ。「そのお料理で皆さんが大よろこびをなさるのをしおに、例のお話をして下さったら、実に洒落《しや》れていて、効果満点だと思いますのよ」

「僕に芝居をしろというのか」

「そうではございませんよ。でもこれは趣向ですから。お茶会だって趣向というものがありますでしょう」

「何もそんな大向うを狙《ねら》わなくたってすむことじゃないか。僕だって、一等信頼のおける、しかも気楽な友人だけを相手に、この話をしようとしているところだ。派手を狙うなら何もはじめから……」

かづは引下る汐時《しおどき》を心得ていた。

「それじゃ仰言《おっしゃ》るとおりにいたしましょう。お腹《なか》の加減だけを考えて、前菜の次にお出ししましょう」

そのとき女中が新聞社の重役と八十翁《おう》の到着を告げた。

かづは世にも朗らかな笑顔で大切なお客を迎えに立った。別の顔を、今までの心理的な顔の上へ、一瞬のうちに貼《は》りつけて出てゆく鮮やかさに、残された野口があっけにとられているのを、気にすることもなかった。

八十翁はいつものように革の信玄袋を片手に提《さ》げ、美しい白髪を両耳の上に垂らし、羽織袴《はかま》の出立《いでた》ちで、すっきりと背筋を正して大広間へ入って来た。新聞社の重役はこの人に対するときは、ひたすら忠実な扈従《こしょう》の役を演ずることに生甲斐《いきがい》を感じているらしく見えた。

「やあ野口君、この間は愉快な旅行でしたね」

八十翁はそう言うなり、まっすぐに上座へ坐った。自分より上座へ坐る人はあるべきではなかったからである。坐るとすぐ、話題は奈良の旅から遠く隔たって、つい昨日、翁が特に懇望されて陛下に御進講をした「日本新聞史」の話になった。

「短かい時間で委曲を尽すわけには行かなかったが」と八十翁は言った。「やっぱり興味をお持ちのように見えたのは明治時代の話だね。われわれ老人にとってそうである以上に、陛下にとっても明治がグーテ・アルテ・ツァイトらしいのは困ったもんですね」

「それは先生が又、グーテ・アルテ・ツァイトらしくお話しになったからなんでしょう」

「いずれにしろ帝王は、現在を最上と思っているようでなくちゃ、頼もしくありませんよ」

そうこうしているうちに、客が揃《そろ》い、酒が出、前菜が出た。かづはしばらく席を外していた。やがて現われたかづは、二人の女中に大きな盆を持たせ、その盆の上に燃えている青い火に客がおどろくと、

「二月堂の籠松明《かごたいまつ》でございます」

と口上を言った。

卓上に運ばれたのは見た目本位の見事な料理で、客の数にあわせた松明は、竹の部分が鶏肉で作られ、燃えている籠の部分は焼いた小鳥に強い洋酒をかけて焔《ほのお》を放たせ、あたりに奈良の奥山をあらわすくさぐさの山菜を配してあった。それに小さい二月堂の下馬札《ふだ》まで立っていた。

客たちは口々にこの趣向を褒《ほ》め、今年は御水取を二度見ることができたと実業家は言い、早速それをたねにして即吟の俳句を作った。かづは野口の顔をちらちら見ていた。

野口のこの時の表情くらい幸福から遠いものはなかった。その顔は戦って、渋滞して、かづの視線に応ずる視線は、ほとんど憎しみに近かった。しかしかづはこんな男の視線に耐えて、安心して、幸福に、幾分図々《ずうずう》しく満ち足りていた。野口の憎しみが、

女の言うなりになるまいという小さな体面だけにかかずらっていることを知っていたからである。

かづはすっと立って席を外した。廊下を遠く行くふりをして、次の間の襖《ふすま》のかげに身を隠した。

やがて大広間から野口の声がひびいてきた。それはかづが期待したとおりの言葉だった。

「一言、今夜御列席の方々に申し上げたいことがあるが、実は私は、この家の女将の福沢かづと結婚することにいたしました」

客たちの一瞬の沈黙が、独身の八十翁の笑い声で破られた。

「野口君だけは、私同様、生活の天才かと思っておったが、それが私の買い被《かぶ》りで、天才じゃなかったのはおめでたい。さあ乾杯と行こう。おかみさんはどこにいるんだ」

翁は大声で怒鳴ってから、新聞社の重役を叱咤《しった》した。

「何を愚図々々しているんだ。社へ早く電話をなさい。わが社のスクープじゃないか」

「いつまでたっても平記者扱いですね」

これでみんなが笑い、一座が忽《たちま》ち和やかになるのが感じられた。

「おかみさんはどこにいる」

と翁がもう一度怒鳴った。翁のこういう怒鳴り方を、旅のあいだにはかづもきいたことがなく、今翁が故《こと さ》らに明治書生めく粗雑奔放な心意気を示したがっているのが、その声から読みとれた。かづがいよいよ大広間へ戻《もど》ろうとしたとき、社へ電話をかけに立った重役とぶつかりかかった。大人しい重役は、通りすぎざま、かづの豊かな肩を抓《つね》って、走りすぎた。


翌朝の新聞にこれが載る。するとすぐ永山元亀から電話がかかった。声は朗らかそうに、朝のふつうの挨拶《あいさつ》をした。

「やあおはよう。しばらく逢《あ》わんが、元気かね。それはそうと、今朝の新聞記事はありゃあデマだろうね」

かづは電話口で黙ってしまった。

「ふうん。……それについてお前に話がある。これからわしの事務所へ来ないか」

かづは忙しいと言訳を言ったが、こんな言訳は元亀に利《き》かなかった。

「忙しいのはこっちのほうだ。それをお前のために会おうというのだから、来なくてはいけない。事務所は丸ビルのほうだよ」

元亀はほうぼうに事務所と称するものを持っていた。それは要するに友人の事務所の応接間のことだった。しかしふしぎなことにどこの「事務所」でも、社長室同様、呼鈴一つでさまざまな用を弁ずることができ、どこの事務所でも、元亀は人使いが荒かった。旧丸ビルの事務所には、かづも数回行ったことがあって知っている。そこは大きな漁業会社の応接間であるが、社長が元亀と同郷なのである。

この日は春先のうすら寒い雨の日であった。かづは旧丸ビルの一階の、奇妙に薄暗い感じのする商店街のあいだをゆくときも、人々の傘《かさ》からしたたる雨滴に濡《ぬ》れた廊下が、寂しく光っているのを見た。雨着のままの人の往来《ゆきき》には、よそよそしい陰気な感じがあった。かづは今朝の新聞を読んで神棚《かみだな》に供えまでした歓《よろこ》びが、たちまちこうして、こちらから金をやった男のおかげで、曇らされるのが不当な気がした。その金も、ねだられるままに、何の報いも求めずに上げた金ではないか？

昇降機で上るあいだ、かづはくさくさした気分でいたが、いざ元亀の人を喰《く》った笑顔に会うと、何のこだわりも失《な》くして晴れやかになった。今ではかづは、忙しい高名な政治家と全く私的な用事で会う、この午前の一刻が嬉《うれ》しいのであった。

「お前のやることは全く突拍子もない。親に断わりなしに、いつのまにか男を引き入れている」

といきなり元亀が言った。

「あら、お兄様じゃないんですか？　親にしろお兄様にしろ、そちらも相当なものなんですから、御説教の資格はありませんよ。あらかじめお断わりしておきますけれど」

こんな言い返しはいつものかづに似ず少し浮き上って、不必要に蓮葉《はすっぱ》にきこえた。元亀は肉の粘土をちぎって貼りつけたようなその厚い顔に微笑を絶やさず、癖で、巻《まき》煙草《たばこ》を丹念に揉《も》みほぐしながら、こう言った。

「今さらそんなに焦《あせ》ることはあるまい。どうせ婚期がおくれてるんだから」

「ええ。そりゃあもう、何十年もおくれておりますよ」

こうした冗談のやりとりののち、かづは元亀がごく昔風に、「お前、それで本当に惚《ほ》れとるのか」とでも言い出すことを期待していた。そうしたらかづは、朗らかに「ええ」と答えるであろう。元亀はこの返事ですべてを呑《の》み込んで、あとは何も言わないだろう。……それなのに元亀は、一向この切札を出さないのである。

元亀は落着かない男である。この男に限って、かづはいつ煙草に火をつけてよいかわからない。こちらの手の中に燐寸《マッチ》箱と燐寸を用意していて、巻煙草が相手の唇《くちびる》に挟《はさ》まれるや否《いな》や、自然に燃え上ったような火がすっとその煙草へ擦り寄って行くべきだが、元亀が相手だと、そこのところの呼吸がどうしても合わない。箆《へら》のような爪《つめ》をしたずんぐりした指先で、元亀はいつも何かを玩具《おもちゃ》にしている。それが煙草の時もあり、鉛筆の時もあり、書類の時もあり、新聞の時もある。そういうときは赤ん坊のように定まらぬ無心な目をして、厚ぼったい焦茶いろの唇をへの字に結んでいるのである。揉みに揉まれて曲ってしまった巻煙草が、あわや唇に挟まれようとして、又元の位置へ呼び戻されてしまう。

元亀のかけている椅子《いす》の背は、雨のビル街を展《ひろ》げているひろい窓である。重い濃緑の緞子《どんす》のカアテンが左右へ引き分けられている。向うのビルの窓々が朝から灯《とも》している蛍光燈《けいこうとう》は、雨を貫ぬいてへんに目近に露骨に輝やいて見える。

「野口雄賢と結婚すると云っても、店はどうするつもりなんだ」

「店はそのままやって行きます」

「そりゃあいけない。店と野口さんとはいつかきっと衝突するよ。大体雪後庵は今まで、わしをはじめとして、保守党のひいきでここまで来た店だ。その女将が革新党の顧問の奥さんじゃ可笑《おか》しいじゃないか」

「その点は十分考えましたわ。でも私は今のまま保守党のお世話になって、一方、主人は革新党で、それでいいのじゃございません？　新憲法では夫婦が別々の党へ票を入れたって当然だそうですわ」

「それとこれとはちがうよ。わしがお前の将来を心配してるのがわからんのかね。お前が引いたのは誰《だれ》の目にも明らかな貧乏籤《くじ》で、この結婚は野口さんのためにもお前のためにもならん。お前の力量なら、この先どんな大仕事もできるのに、みずから活路を閉ざしてしまうようなもんだよ。いいかね、かづ、結婚は株を買うようなもんだが、だから概して安いうちに買うのがふつうだが、こんなに先行《さきゆき》に見込のない株を買ってどうする。そりゃあ昔の野口さんは大したものさ。しかし今の世の中で公平に値踏みをすりゃあ、元大臣の野口雄賢より、雪後庵の女将のほうが、ずっと値が高いんだよ。自分の値打も少しは知らなくちゃいかん。……まあ、雪後庵をつづけるという点だけはお前らしいが、お前はどうでも家庭に引込んで大人しくしていられるような女じゃないよ。そういう人相をしておらんよ」

「よく存じております」

「そうだろう、毎朝鏡を見てりゃわかることだ。……野口さんはどういう心算《つもり》かね。お前を利用しようというんじゃあるまいな」

かづは顔に血が昇って、大声をあげた。

「あの人にひも根性なんかありませんよ。何ですか、御自分だって」

元亀は少しも怒らずに莫迦《ばか》笑いをした。

「こりゃあ一本参った。尤《もっと》もわしなんか腕のいいひもだよ。色気ぬきの只取《ただど》りだからな」

とうとう元亀は煙草を口にくわえた。かづが火をつけると、一服吸って、たちまち話頭を転じて下らない猥談《わいだん》をはじめた。女の毛がどうしたこうしたという話である。かづは、次の客が待っていることを告げに来た元亀の秘書の顔を見て、肩掛をとって立上った。この会見のあいだかづが期待していた言葉はとうとう元亀の口から洩《も》れなかった。

しかし元亀は人情味のある幕切れが好きだった。人の心をつかむという幻想が何より好物で、一旦《いったん》冷淡に窓外の雨へ向けた目を、出て行こうとするかづの背へ転じると、

「おい。式には招《よ》んでくれるんだろうな」

と言うのを忘れなかった。

五月の二十八日に野口とかづは結婚した。

第九章　いわゆる「新生活」

二人の結婚がこんなに世間から騒がれるのは、野口にとってもかづにとっても、等しく意外なことであった。かづには新聞雑誌の写真班の襲撃ははじめての経験だったし、野口は野口で自分がまだ世間から忘れられていないのにおどろいた。蒲郡《がまごおり》ホテルでの新婚旅行で、弁天島の八百富神社に詣《もう》でたとき、かづがあいかわらず大枚の賽銭《さいせん》をあげようとしたので、今度は野口がはっきりとそれを禁じた。叱《しか》る理由はただ、そういうことをするのは下品だ、ということだったが、この簡潔な叱責《しっせき》には冷たい貴族的な調子があって、かづの心を凍らせた。

東京へかえると、二人の「変則な」結婚生活がはじまった。毎朝かづは野口に長い電話をかけた。それでも心配の種子《たね》は尽きないので、例の教養のある女中を野口の家から追い出し、代りに二人の女中と一人の書生を入れた。この三人とも、かづの腹心の召使だった。折にふれて雪後庵《せつごあん》へ呼んで、野口の毎日について報告させることにしたのである。

土曜の晩、かづが「我家」へかえるときには、山ほどの土産物を積んでかえった。旬日ならずして野口の家は、不要な酒や食品でいっぱいになった。かづの帰宅は騒がしかった。自分の肩を叩《たた》きながら入って来て、一週間分の疲労を愬《うった》え、客商売の労苦を愬え、一向ぱっとしない古ぼけた居間を見まわして、

「ああ、やっぱりわが家はいいわね。ここへ帰ってくるとほっとする」

と言うのだった。

かづはしかし、御水取の旅へ同行した人たちが、雪後庵では八十翁《おう》のとった音頭に従って、あれほど二人を祝福してくれたのに、あとでこの人たちがかづのことをひどく悪く言っているときいて、衝撃をうけた。旅行中のかづは傍目《はため》もかまわず女房気取であったとか、野口ばかりを立てて他《ほか》の客をないがしろにしたとか、八十翁に失礼な返事をしたとか、返礼にという雪後庵の招待自体が、返礼に名を借りた自己宣伝であって、何もわざわざ結婚発表に雪後庵を使うことはあるまいとか、あれでは野口が可《か》哀想《わいそう》だとか、……いろいろと取沙汰《とりざた》しているのがきこえてくる。これを知るとかづは、発表のあとで新聞社の重役が彼女の肩を抓《つね》った、あのときは可笑《おか》しく愉《たの》しく思われた小さな痛みが、今になって紫いろの痣《あざ》を肩に浮べだしたような気がした。彼女は着物

の上から手をやって、そこのところを邪慳《じゃけん》に揉《も》んだ。

この噂《うわさ》を野口の耳に入れる。すると野口はかづに対して怒り、かづをあの旅へ連れて行ったのも、あの人たちだけの前で発表をしたのも、みんなあの人たちを友人として信頼するからだと言う。かづのこんな噂の伝達も、女が良人《おっと》の友情に水をさす振舞のように思われてしまう。良人の高潔な心の洞察《どうさつ》力の不足について、これがかづの得た最初の認識だった。

週刊誌に野口を揶揄《やゆ》する記事が載った。戦後野口が俄《にわ》かに革新党へ転じたのも、結局成功しない売名なら、今度のかづとの結婚もそうだというのである。かづはこういう結びつけ方をする世間の精妙な悪意におどろいたが、野口はそんなものは無視するがいいと言って、少くとも外見上は平然としていた。

いざ結婚してみても、かづの生活には根本的な変化はなかった。新婚旅行のときの写真を、雪後庵の自分の部屋に飾っておいて、客の接待の合間にときどきそれを見に行った。それは弁天島の南端の石段の途中に立った写真で、ホテルから写真師を連れて行って撮らしたのである。

わずか一ト月ばかり前の写真なのに、写真の姿は、思い出が人に向って示すようなポーズをしている。早くも思い出が媚態《びたい》を呈している。それに気づくと、かづはそういう慌《あわただ》しい自分の心に反撥《はんぱつ》するが、反撥しながら思い出はますます鮮明になるままに委《まか》せている。

八百富神社から更に奥へ入ると、それまで木立に遮られていた眺望《ちょうぼう》が、初夏の明るい日光の下に俄かに展《ひら》ける。……あのときかづは賽銭《さえぎ》の件で叱られて、少なからず意気鎖沈《しょうちん》していたから、俄かに展けた明るい展望に、一そう救われた気がしたのだ。

「まあいい景色！　御覧遊ばせ。何て気持のいい」

「ここで写真をとろう」

と野口がすぐ応じた。写真師は石段の傍らの松の根に危うく身を託してカメラを構え、夫妻は石段の途中に立って海を眺《なが》めていた。目の前には三河大島を控え、西に西浦半島を、東に三谷《みや》の弘法山をめぐらしている海は、穏やかに輝やいていたが、沖の霞《かすみ》に渥美《あつみ》と知多の両半島がつながって見えるので、海というより湖のようで、角立《かくだ》ての柵《しがらみ》を海中に沢山立てたのが、一そうこの印象を強めていた。空には雲らしい雲もなく、日はあまねく、それがそのまま無疵《むきず》で切り取って来てそこに置かれた天上の一刻のように思われた。

写真師はひどく念入りで、夫妻はいつまでもそのままの姿勢で佇《たたず》んでいなければならなかった。ふとかづは、野口がさっきから、銅像のように体をしゃっちょこ張らせ、たえずカメラを意識しているのに気づいた。これはあれほど写真班に追いまくられながら、なお失せないこの人の生得の姿だった。さっき叱られた腹癒《はらい》せに、かづはコンパクトをとり出して手早く顔をしらべ、ついでその鏡の反射を、野口の肩のわきから、そっと緊張した頰《ほお》のあたりへ辷《すべ》らせた。ついに小さな反射光は、横ざまに野口の目を射た。野口は眩《まぶ》しがって姿勢が崩れ、この瞬間に写真師は抜け目なくシャッターを切った。

……今かづの小机の上にあるのは、こんな崩れた写真ではない。あとで野口は、写真師から原板をとって、気に入らないのを棄《す》てさせた。この写真は、初夏の海光を浴びて、落着き払って立っている初老の夫妻の写真である。かづはやや身を斜めに、良人の肩のかげに半ば隠れて。

女のくせにかづには根本的に、幸福の定義というものがわからないところがあった。何ら犠牲を払った結婚でもなく、他人の家へ入りきりになる嫁入りでもなく、姑《しゅうとめ》や小姑の煩《わずら》いもないのに、結婚生活はかづの実感に、湧《わ》き立つ幸福感を運んで来たわけではなかった。野口の附合に夫婦同伴で出かけるときには、もちろん晴れがましい喜びはある。が、こんな社会的な喜びはずっと遠く追いつめてゆくと、三々九度の盃事《さかずきごと》の最中に、かづの心をかすめた陰惨な喜びにつながっていた。盃事のあいだ、かづは涙をためてうつむいたきりだったが、こう思っていたのである。

「ああ、これで私は野口家の墓に入れる！　安住の地がこれで出来上った」

雪後庵の宏壮《こうそう》な庭はかづの念頭から消え、小さな由緒《ゆいしょ》のある墓石だけがあきらかに浮んだ。だから新婚旅行からかえったかづが、まず野口にたのんだことは野口家の墓参だったが、墓詣《はかまい》りのきらいな野口は言を左右にして遷延《せんえん》した。梅雨の日曜日、とうとうかづは野口を促して青山墓地へ行った。

ときたま粉のような雨が降る陰気な日に、墓地の若い緑がなまなましく見え、夫婦は傘《かさ》を一つにして、樒《しきみ》と線香と水桶《みずおけ》を携えてゆく墓守のあとに従った。

「こんなにそばを自動車がひっきりなしに走っては、仏様もゆっくりお寐《やす》みになれませんね」

とかづが言った。

「家の墓は幸い少し入ったところにあるから」

と野口が言った。

墓はかづが想像していたような壮麗なものではなかったが、定紋を彫り込んだ灰いろの墓石は、古い由緒と名門の誇りらしいものを見せていた。こういうものが、かづはしんから好きだった。この中に、少しもまやかしのない立派な一族の系譜がつづいているのである。かづは野口のかざす傘の下で、墓前にしゃがんで、不自然なほど永いこと祈った。

線香の束のあげる煙が、細雨のなかに勢いよく渦《うず》巻いているのが、かづの髪にもかかって、髪の中に立ち迷っている。その強い香りが、かづに幸福な眩暈《めまい》のようなものを起させた。

まことに身ぎれいな誇り高い一族！　かづは野口の生きている一族には、結婚式のときにも会う機会がなかったが、死んだ一族はいずれも操守高く、何一つうしろ暗いことなしに血統を伝えて来たように想像された。ひどい貧しさや、卑屈や、嘘《うそ》や、賤《いや》しい人となりは、この一族のものではなかった。田舎の料理屋の猥雑《わいざつ》な宴会や、いたいけな少女の胸もとへのびる酔客の手や、出奔する少女が身をちぢめて乗り込む夜汽車や、都会の裏小路や、金で買われた愛撫《あいぶ》や、身を護《まも》るための小さなくさぐさの策略や、薄情な男たちの威丈高な接吻《せっぷん》や、親しみにまざる侮蔑《ぶべつ》や、わけのわからぬものに対する執拗《しつよう》な復讐心《ふくしゅうしん》や、……そういうものすべてを、この一族は与《あずか》り知らぬ筈《はず》だった。そしてうら若いかづが女主人の腰巻を洗っていたとき、確実にこの一族の一人は、フランス料理を喰《た》べたり、小鳥に餌《えさ》をやったりしていたのである。

かづが今やその人たちの一族に連なり、その人たちの菩提《ぼだい》所にいずれ葬られ、一つの流れに融《と》け入って、もう二度とそこから離れないということは、何という安心なことだろう。何という純粋な瞞着《まんちゃく》だろう。かづがそこへ葬られるときこそ、安心が完成され、瞞着が完成される。それまでは世間はいかにかづが成功し、金持になり、金を撒《ま》こうと、本当に瞞《だま》されはしないのだ。瞞着で世間を渡りはじめ、最後に永遠を瞞着する。これがかづの世間へ投げる薔薇《ばら》の花束である。……

……ようやく合掌の手を離すと、かづは墓石のそばの墓表へ目をやって、一等新らしい、

「野口定子　昭和二十一年八月歿《ぼっ》」

とある名を野口に問うた。

「前の女房だよ。名前はお前も知っている筈だ」

と野口はまじめな顔つきで言った。かづがわざわざそれを尋ねたのは不自然だった。ところでかづは、もっと不自然なことを言った。

「まあ、奥様もこのお墓だったのね。私忘れていたわ」

かづの声はいかにも朗らかで、雪後庵で女中たちを指図するときの、甲高い、精力に溢《あふ》れた声がそのまま出た。この声に少しも嫉妬《しっと》が窺《うかが》われなかったので、野口は仕方なしに苦笑いをした。

「一体お前は誰《だれ》にお詣りに来たのだい。知らん人ばかりじゃないか」
「あなたの御先祖様に決っていますわ」
とかづは翳《かげ》りも見せない笑顔で言った。墓参のかえりは二人で街へ出て買物をした。その日一日、かづは幸福そうで、しきりにはしゃいで、野口に奇異な思いをさせた。

その日からかづは深い無気力な安心感にとらわれて、雪後庵の仕事が少しずつおろそかになった。夏場のことで客も少なかった。すると彼女は、急に自分が老《ふ》けてゆくような気持の焦《あせ》りを感じた。

夫婦はしばしば暑を避けて旅行へ出かけたが、旅先ではかづは情感を誇張した。そうして情感を誇張して、一人ぼっちになった。野口の望んでいる平安な生活に、こんなことで火を点《つ》けたいと思うのが、まちがっているのかとも考えられる。

かづは野口の着ているシャツをいつも洗濯《せんたく》したての白いシャツに保つことには成功したが、洋服の新調ははっきり拒まれた。もし結婚して俄《にわ》かに新調の服を着だせば、野口の乏しい収入を知っている世間は、すぐ後ろ指をさして笑うであろう。かづは自分の収入で良人の洋服を作ることがどうして悪いのかわからなかったが、それについて野口はしばしば説諭を与えた。

「お前は施せば人が喜ぶものと思っている。それが大きなまちがいだ。お前がつまらんところで心附を弾めば弾むほど、相手からはお前の誠意を疑われるということがどうしてわからん。僕《ぼく》の仕事の性質から云《い》っても、地味にしていて、人の本当の信頼を得なければならんのだ。成金根性は早く直しなさい」

かづは良人の人格は尊敬していたが、彼も政治に関《かか》わり合っている以上、雪後庵で見聞きしている政治と、彼の政治と、どこがちがっているのかわからなかった。雪後庵で保守党の政客たちが垣間《かいま》見せる様相は、かづの頭に見事な政治の概念を叩《たた》き込んでいた。それは厠《かわや》へ立つふりをして行方《ゆくえ》をくらましたり、炬燵《こたつ》に当って詰将棋のような相談事をしたり、怒っていながら笑ってみせたり、少しも怒っていないのに激昂《げっこう》してみせたり、永いこと黙って袂屑《たもとくず》をいじっていたり、……要するに芸者のやるようなことをすることだった。その大仰な秘密くささも情事に似ていて、政治と情事とは瓜《うり》二つだった。野口の考えている政治には何分色気がなさすぎた。

雪後庵の仕事がなおざりになっても、家庭に引きこもって良人のために料理を作ったり、大人しく良人の帰宅を待ったりすることに生得向かないかづは、容易に方途に迷った。保守党の客筋は少しずつ遠のいてゆくように思われた。あるときその一人から、正面切ってこう言われたことがある。

「御主人に早く革新党なんかから脱《ぬ》けてもらって、保守党へ入るようにしてもらうんだな。そうすればわれわれも大先輩を歓迎するし、ここの店へだって来易くなる。奥さんがその気になれば、御主人を動かせそうなものじゃないか」

これは野口に対するずいぶん安っぽい扱いで、黙ってきいているかづは唇《くちびる》を噛《か》んだ。かつての大臣が、こうして料理屋の亭主《ていしゅ》並みに扱われるのも、自分のせいだと思うと、かづは野口の辱《はじ》を雪《そそ》ぐことが、すなわち自分の屈辱を晴らすことだと思い詰めたりする。そして大事な客に向って、

「そういうことは伺いたくありませんから、もう二度とここへお出《い》でにならないで下さい」

などと言ってしまう。

多少に拘《かか》わらずこんな商売上のしくじりは、愛情のためであっても、自尊心のためであっても、かづには嘗《かつ》てないことであった。彼女の自尊心は日ましに傷つきやすくなっていた。自尊心が高くなったばかりでなくて、野口とあわせて、自尊心が二倍になったせいだろうとかづは考えた。

秋も晩《おそ》いある日のこと、かづは例のような週末を野口の家ですごしていて、急に飛び上って、野口を窓のところへ呼び、

「ほら、ほら、鶴《つる》が飛んでいますわ。鶴が」

と言った。野口は相手にしなかった。しかしあんまりかづが大さわぎをするので、しぶしぶ立って窓からのぞいた。何も見えない。

「莫迦《ばか》々々しい。こんな東京の真中を鶴が飛ぶもんか」

「だってたしかに丹頂でしたよ。お隣りの屋根の上へ下りそうになって、又あっちのほうへ飛んで行きましたわ」

「お前は気が変だ」

そこで二人はすこし陰気な言い争いをした。かづのほうも、おどけて「嘘だった」と言う機会を失《な》くしてしまった。これにはかづにも越度《おちど》があったので、こんな子供らしい遊戯をあんまり真摯《しんし》すぎる切羽詰った熱情で演じたのはまちがいである。

かづは生活の熱情をいつも持していなければ生きてゆけない、自分の厄介《やっかい》な性格に今さらながら気づいた。彼女が試みようとする変化はみんな良人に拒まれ、野口は頑《がん》固《こ》に自分の生活を送った。それでもかづが良人が好きだったことには変りがない。土曜の晩など、良人がめずらしく饒舌《じょうぜつ》になることがあって、あいかわらず冗談は乏しかったが、外国の小説の話をしたり、社会主義のお講義をしたりすることがあった。

第十章　重要な訪客

　いずれにせよ野口がこの結婚を終の栖《ついすみか》と思っていることは明白で、かづも亦《また》、自分の墓を見つけた気になったことは、前にも述べたとおりである。しかし人間は墓の中に住むことはできない。

　かづは雪後庵の平日の毎日に、腹心の書生が報告してくる野口の生活をつぶさに知って、それがいかにも波瀾《はらん》の乏しいことに、今更ながらおどろいた。野口は老齢にもかかわらず、実によく勉強していた。

「きのうは午後の三時からお寐《やす》みの時間まで、ずっと書斎で御勉強でした。御夕食も書斎でなさいました」

「そんなことをなさってたら、運動不足できっと御病気になる。今度の土曜には、私からよく申上げよう」

　かづには知的生活に対する大きな偏見があった。それは何か、為《な》す有る男の陥りがちな危険な怠惰を意味していた。それでいて、書生には、「私からよく申上げよう」などと言いながら、かづは良人《おっと》が決して自分の忠告などに耳を傾けない男であることを喜んでいた。

そのころ雪後庵に一寸《ちょっと》した事件が起った。

前夜は月の明るい晩だったが、賊は庭の林のかげに隠れて、人の寝静まるのを待っていたものらしい。裏山の黐《もち》の巨樹のあたりは身を隠すのに恰好《かっこう》な場所である。その夜の部屋々々の宴《うたげ》がたけなわになり、玄関が手薄になったころに忍び入って、何時間かじっと待っていたものらしい。煙草《たばこ》は煙をあげるので控えたのか、あとで二三のチューインガムの嚙《か》み滓《かす》が発見された。そのことから賊のまだ若いことが推《や》し量られた。はじめかづの部屋を窺《うかが》った賊は、折角窓を二三寸あけながら入るのを止めてしまったので、女将《おかみ》の寝息を擾《みだ》すまでにもいたらなかった。その押入には金庫もあったのに、窄《せま》い六畳一杯に蒲団《ふとん》を敷いて寝ている女を、まさか女主人とは思わなかったのであろう。

次に賊は住込みの五人の女中の寝部屋へ忍び込み、柔らかいものを土足で踏み、いきなり大声を立てられて、一物も盗《と》らずに遁走《とんそう》した。

例のチューインガムをかづが発見したのは、夜中に警察騒ぎがあって、徹夜したままの朝の日課の散歩の折で、朝日のさし入る簷の根方に、なまなましい色をした白い歯のようなそれを見たのである。

そのときかづの頭には、賊が自分の寝ているところを窺ってそのまま入るのを止めてしまったということへの、妙なこだわりが残っていた。その間というもの、自分は眠りの中で何も知らなかった！　あとから考えると、こんな状況には、安心があり、戦慄《せんりつ》があり、それから一抹《いちまつ》の不満があった。かづは秋の朝風が着物の八ツ口から乳の麓《ふもと》にしみ入るのを感じながら、賊がもしかして眠っているかづの体に触れて、思い直したのではないかという邪推を起した。いや、そんなことはあるまい。闇《やみ》の中だし、窓は二三寸しかあいていなかったのだし、かづの体を検分するところまで行った筈《はず》がない。……

しかしこうして秋の朝風に吹かれて一人で散歩をしていると、かづは何となく自分の体にも凋落《ちょうらく》の気配を感じる。夏には名代《なだい》の暑がりで、女中や親しい者の前では、乳房はおろか太腿《ふともも》まで扇風器の風に直《じか》にさらして、暑さを凌《しの》ぐのがかづの習慣だが、それも肌《はだ》に自信があったからである。来年の夏はどうだろうかと考えると不安に襲われる。結婚してから却《かえ》ってかづの体は弛《たる》みを見せてきたように思われる。

そのときかづはふと目を落して、二つ三つころがっている人間の歯のようなものを樹《き》の根方に見た。かづはしゃがんでこれをよく見た。丹念に丸められたチューインガムの嚙み滓だった。雪後庵の客にも使用人にも、こんなところでチューインガムを嚙む者はいない。近所の子供もこの庭へは入れない。

『泥棒《どろぼう》のだわ』とかづは咄嗟《とっさ》に思った。汚なさよりも、ここにひそんでいた男の孤独な時間がはっきり感じられ、その孤独の一種の可愛《かわい》らしさが感じられた。これを嚙んでいた若い不満な逞《たくま》しい荒くれた歯並びが想像された。彼は時間を嚙み、自分を容《い》れない鈍いゴム状の社会を嚙み、それからのしかかってくる不安を嚙んでいたのだ。繁《も》の葉かげを洩れる美しい月光の下で！

こうした不羈《ふき》な空想のおかげで、一物も盗らずに遁走した賊は、かづの見知らぬやさしい友だちになった。それは月下にひそんでいた若者、ひどく汚れてはいても半分翼の生えている存在だった。

『どうして私を起してくれなかったんだろう。困っているなら、いくらでもお金をやったのに。一言そう言ってくれればよかったのに！』

かづは何となくその若い賊を、自分の一等親しい社会の一員のように感じた。こんな感想は、野口雄賢夫人にとっては実に新鮮だった。

――かづは庭男を呼ぼうとして止《よ》した。証拠物件になりそうなチューインガムを誰《だれ》にも黙っていようと思ったのである。そして根方の苔《こけ》を剝《は》して、指を触れて、丹念にそれを埋めた。

泥棒事件は野口が目をさますころを見計らって知らせようと思っていたので、それからゆっくりと良人へ電話をかけた。一通りの報告をしてから、かづが言ったのは次のような文句だった。

「お巡《まわ》りさんたちはそりゃあ丁寧で、慇懃《いんぎん》でしたわ。以前だったら、料理屋に入った泥棒の事件なんぞに、こんな態度は見せてくれなかったでしょう。みんなあなたのおかげですわ」

これはかづの正直な感想というよりは、かづがそうありたいと望んでいる感想だった。警官が、保守党のひいきの店の女将と、革新党の顧問の夫人と、どっちを鄭重《ていちょう》に扱うかは甚《はなは》だ疑問である。

泥棒事件の報告を受ける野口の声は、大そう冷静で超然としていた。それは若手の書記官から自動車の故障の報告を受けている大使の態度だった。

「戸じまりをちゃんとしないからだ」

彼の口を洩れた最初の言葉はこれで、無事を喜んでくれる言葉を期待していたかづは裏切られた。野口はこそ泥事件などは家庭の私事と考えているらしかった。

野口にしてみれば公正無私であり、かづから見れば異様に冷たく思われるこんな態度は、かづの心に二様の反応をよびおこした。一つは自分が永年料理屋を腕一本で切り廻《まわ》してきたのを、戸じまりぐらいでケチをつけられたという自負の痛みであり、一つは昨夜来の自分のふしぎな情緒的な昂奮《こうふん》を冷たく見破られたような怖《おそ》れであった。しかしすぐさまかづは、こんな苛立《いらだ》ちを電話のせいにした。会えばやさしい時も、野口は電話では殊更《ことさら》事務的な口調になる男だった。

『夫婦が電話でしか話せないなんていけないことだわ。……でもこういう生活も、もともとは私のせいなんだから』

かづは相手の言葉を上《うわ》の空《そら》で聞き流そうとして、自分の爪《つめ》を見た。いつも健康な紅いろの爪の根元に白い三日月がくっきりと出ていたが、中指と人差指の爪には、白い横雲のような筋があらわれていた。『着物の沢山出来るしるしだ。』……かづには自分のすでに沢山ある着物の累積が、急に空《むな》しく感じられた。それは急に自分の肉体が融《と》けてなくなるような心細さである。

受話器をあてたまま目を放てば、襖《ふすま》をあけた部屋々々には朝日がさし入って、女中たちが甲斐々々《かいがい》しく掃除をしている。新らしい畳の目が旭《あさひ》につややかに立っている。

白木の欄間の透かし彫のところに、今しもさわやかにはたきが舞っている。……そして座敷といわず廊下といわず、若い女中たちの滑らかなしぶとい腰が、起《た》ちつ居つしている動きが、朝日のなかで目ざましい。

「お前、きいているのか」

と電話の野口の声がやや尖《とが》った。

「はい」

「こっちにも用事があるんだ。今しがた連絡があって、今夜大事なお客が二人見えるから、お前が接待をしてくれなくちゃあならん」

「こっちへお見えになるんですか」

「いや、家《うち》のほうだ。料理を揃《そろ》えて、お前も家《うち》へかえって接待するんだよ」

「だって、……」

かづは今夜予約のある何人かの大事な客の名を並べ、店をあけるわけには行かないことを言いかけた。

「僕《ぼく》がかえれと言った時はかえったらいいだろう」

「大事なお客様ってどなたですの」

「それは今はここでは言えない」

かづはこんな秘密主義に激昂《げっこう》した。

「そうですか。女房にお客の名前も仰言《おっしゃ》れないんですか。それならよろしゅうございます」

これに応ずる野口の声はひどく冷静で、

「よろしいか。五時までに料理を揃えて家へかえるんだ。言ったとおりにしないと承知せんぞ」

と言うなり電話は切れてしまった。

かづはしばらく怒りのために窄《せま》い自分の部屋に閉じこもったが、週末だけに家へかえるという契約を野口のほうから破ったのは、これが最初であることにやがて思い当った。客はよほどの上客であるにちがいなかった。

かづは夜中に警官が指紋を検出して行った窓に手をのばして、そこを二三寸あけてみた。窓下の小さな黄菊の花々は、賊か警官かはしれないが、踏みにじられて伏していた。或《あ》る花は柔土《やわつち》に象嵌《ぞうがん》されたようにめり込んで、花の形そのものは縫紋のように正確なまま、汚れもしていなかった。花弁の黄はひとつひとつ土からすっと身を反《そ》らして浮き出ていた。

かづはたまらない眠たさが兆《きざ》してきて、窓下の畳に横伏せになって、怒りと眠たさの混濁した目を、二三寸あけた窓の空へ向けた。朝空は遠く澄明《ちょうめい》に光っていた。眼《め》の潤《うる》みが空に波紋を描いた。着物なんかもう一枚も要らない。今私のほしいものはもっと別のものだ、とかづは思った。そう思ううちに眠ってしまった。

夕刻、やっぱりかづは「我家」へ帰った。予約のお客には発熱して家へかえったと言い繕うように言い置いて、供の女中にはその日の献立の重詰を山と持たせて。それは赤貝、松葉《まつば》銀杏《ぎんなん》、大葉百合根《ゆりね》の甘煮、車海老《くるまえび》の金糸巻などの前菜から、白味《しろみ》噌《そ》仕立に焼餅《やきもち》、菜の花などをあしらった吸物や、活沙魚《いきはぜ》の糸作りや、魴鮄《ほうぼう》、松茸《まつたけ》、川海老、焼玉子、栗《くり》、はじかみなどの吹寄せの焼物や、海老芋、春菊などの煮物をとりあわせた献立である。

かえってみると野口の機嫌《きげん》は思いのほか佳《よ》く、さっき電話では話せなかった委細を話した。客は革新党の書記長と事務局長で、たのみに来る用件は大体わかっているが、それをどうでも断わらなければならないので、その代りに詫《わ》びのもてなしをするのだ、と野口は言った。これだけのことを雪後庵への電話では話すことをしない野口の用心深さから、かづは自分の政治的な立場の微妙さを知った。

客は夕暮れに野口家の門を叩《たた》いた。木村書記長と黒沢事務局長の顔は、誰《だれ》しも政治漫画でお馴染《なじみ》だが、かづは結婚式のときにすでに会っていた。木村は温和でしょぼしょぼした牧師のようで、黒沢は炭坑夫のようだった。

保守党の政治家を見馴れたかづには、革新党の政治家も、こうして顔を合わせば尋常な挨拶《あいさつ》をし、ふつうの礼儀作法で家へ上ってくるのが、何だか可笑《おか》しくてたまらない。それが何だか嘘《うそ》のようで、人目をあざむいているように思われる。殊《こと》に木村のにこやかで温和な態度がかづにはふしぎで、木村の風貌《ふうぼう》も物の言いっぷりも、日向《ひなた》でかすかな風に落葉を一二片ずつ自分のまわりへ散らしている静かな老いた落葉樹を見るような風情《ふぜい》があった。

二人の客は野口に対して先輩の礼をとっていた。上座に据《す》えられようとするのをしきりに拒んで、木村がようよう床柱を背負った。

かづは野口をも含めて三人の男の肌《はだ》に、何だか水気の乏しい共通な感じを抱いた。それは永らく女に触れない肌と似たもので、永らく実際の権力に携らずにいる男の肌だった。丁寧な挨拶にも、温和な微笑にも、強《し》いられた禁欲の影があり、木村の老教授風な物腰も、黒沢の衒《てら》ったような素朴《そぼく》さも、いずれは同じ禁欲生活に根ざしているように見えた。

木村は礼儀正しく料理を褒《ほ》め、かづはそれを野暮だと思った。野口はあいかわらず神経質な反応を示し、妻の手料理でもないものを褒められる間《ま》のわるさを露骨に顔に出した。黒沢はといえば、ただ無言でぱくついていた。

「私は別に強力じゃありませんよ。強力な候補なんぞというのは、あなた方の幻想だ。私は忘れられた人間です」

盃《さかずき》を重ねるにつれて、野口の酔いは、こんな昂然《こうぜん》とした言葉のくりかえしに現われた。そのたびに木村と黒沢が、いつも揃《そろ》ってしょんぼりした表情になるのが、機械のように思われた。

かづは野口の命ずるとおり、酌《しゃく》をするために席に侍《はべ》っていたが、五分毎《ごと》にくりかえされる野口のこんな断言が、かづを意識して言われているのではないかとようやく気がついた。かづは自分の鈍感さに呆《あき》れた。およそ初対面の日から、野口の古くさい頑《がん》固《こ》な羞恥心《しゅうちしん》を、かづはありありと見ていた筈《はず》だ。彼には多分、人前で妻の目に自分の政治的野心を示すことが、性慾《せいよく》を示すことと同じように感じられるにちがいない。

かづは早速さりげなく席を外し、自分の部屋に戻って女中を呼んで指図をし、女中が去ると、手持無沙汰《ぶさた》になって片附物をはじめた。野口の装身具類はこの部屋の小抽《こひき》斗《だし》にかづが預っていた。古い舶来のカフス釦《ボタン》が、それぞれ小筥《こばこ》に入って、抽斗に三つもあった。

かづは暇つぶしに小机の上にそれらのカフス釦を散らかして見た。小国の王室の紋章をつけた純金のカフス釦や、宝石の入ったものや、宮家の拝領品らしい純金の菊や、シバ神を彫り込んだ象牙《ぞうげ》のものや、……いずれは貰《もら》い物ばかりだろうが、めずらしい蒐集《しゅうしゅう》である。

それは昔の海の思い出、ほうぼうの夏の浜辺でひろった貝殻《かいがら》の蒐集のようなもので、これで飾るべき野口の手首は、衰えて枯れて、しみが生じているのに、貝殻のほうはいつまでも昔の夕焼の反映を宿している。かづはおはじきのように爪先《つまさき》で弾《はじ》いて、それらが冷たい音を立ててかち合うのをきき、又それらを駒《こま》に使って将棋はできないものかと考えたりした。小国の王室の一角獣の紋章入りのをはじめ王将に見立て、菊の御紋章のを金将に見立てたが、それでは申訳ないような気がして、やはり菊のほうを王将にした。……『あの人はきっと引受ける』とかづは、自分の政治的直感を大いにたよりにして考えた。するとうれしい昂奮が湧《わ》いてきた。野口と自分とを隔てている書斎の重い知的な壁が、崩れるのは近いにちがいない。そして自分たちの生活がもう死んだものではないことを、自ら証明する日が来るにちがいない。

『あの人はきっと引受ける！』

そのことはすぐさまかづの確信になった。廊下のむこうで、客の笑いにまじる野口のめずらしい笑い声がした。かづはわざわざ部屋の襖《ふすま》をあけて、そちらを望んだ。廊下におちこぼれる座敷の灯のなかに、多少陰惨な笑い声だが、その波立つ咳《せき》のような笑いはまだ洩《も》れつづけた。

それから一時間ほどして客はかえった。かづが気をきかせて送りのハイヤーを呼んだ。野口は玄関で見送り、かづは門外まで行った。夜になって冷たい風が募って、空にはあわただしい雲のゆききの奥に、壁に刺した画鋲《がびょう》のような月があった。

暗い門燈の下で見る木村書記長の顔は、小さくて鼠《ねずみ》のようだった。顔全体は小さく固まっているのに、口のまわりの肉だけが柔軟で伸縮性に富み、低い声でものを言うとき、その肉が口髭《くちひげ》と一緒に不必要に言葉のまわりを漂うのである。

かづはその背広の肩口をつかんで、塀《へい》にいきなり押しつけて、こう囁《ささや》いた。

「私がああいう店をやっておりましても、私の言うことを信用していただけますわね」

「勿論《もちろん》ですよ、奥さん」

「主人は都知事選挙に出ることを承知しまして？」

「よく御存知だな。これはおどろいた。即答は得られなかったが、一両日中に御返事をいただく約束をしました」

かづは童女めいた仕草で、組んだ両手を胸にあてた。ゆるい風呂敷包《ふろしき》をきつく締め直すように、かづはそういう仕草をすることで、心に浮んだ思案をきちんとした目論見にまで持って行った。

「どうか主人を口説いて下さいましな。お金のことなら、失礼ですけれど、私にお委《まか》せ下さいまし。決して革新党に御迷惑はおかけいたしません」

相手が何か言おうとする口を封じる点では、かづはまことに有効な出足の早い話術を持っていた。

「でもこのことは主人には内緒ですのよ。絶対秘密にして下さいましね。それを条件で私お引受けいたしますから」

これだけのことが神速に言われたあと、かづは急に玄関までよくきこえる明るい高調子の声で、型どおりの挨拶を朗誦《ろうしょう》しながら、客を車へ押し込んだ。

「まあ、革新党は鞄持《かばんも》ちがいらっしゃらないんですの？　御自分で重いお鞄をお膝《ひざ》に。それはまあまあ」

この最後の文句だけが玄関の野口の耳に届いて、かづはあとで余計だと叱《しか》られた。

第十一章 本物の「新生活」

　野口家に新らしい習慣が生れた。毎週月曜に、山崎素一という男がやって来て、東京都政の問題を中心に、二時間ほどの講義をする。それを又《また》野口が、まじめな中学生のようにノオトをひろげて、二十年前に買ったモンブランの万年筆で、丹念に筆記をしながら傾聴する。彼は毎週熱心に勉強をし、おさらいをし、ほかのことは何もしなかった。

　山崎素一は草刈委員長のお気に入りで、委員長が野口家へ派遣したのである。選挙運動の達人で、一切表向きの役目に就きたがらぬこの男は、かつての幻滅した共産主義者の一人だったが、今はあらゆる理論にお尻《しり》を向け、不敵な明敏な赤ら顔の実際家になり了《おお》せていた。

　山崎の訪問がはじまってから、かづは必ず月曜は店を休んで、つまり週末の帰宅を一日延長することにした。かづは山崎の顔を見るなり、色恋ぬきで彼女に永い友情を誓うことのできる或《あ》るタイプの男の顔を見つけたのだった。それは永山元亀に似た人情味のある精力家のタイプであり、革新党の中ではかづがはじめて目にする類型であった。それ山崎の持っている一脈の人情味は、彼の政治的絶望から生れたものだったが、それがたまたま保守党の政治家の、あの癒《い》やしがたい楽天主義から生れる人情味と、よく似ていたのはふしぎなことだ。かづは直感から、これこそ実際家の欠くことのできない資格であることを見抜いたのである。かづはたちまち山崎と親しくなった。

良人《おっと》の立候補の決意をかづが耳にしたのは、雪後庵《せつごあん》へかかってきた永山元亀の電話からであった。

電話口で元亀は笑いながら、いきなりこう言った。

「ばかげた決心をしたもんだ。え、お前の旦那《だんな》はばかな決心をしたもんじゃないかね」

かづには直感で、それが都知事選挙の立候補のことだとすぐわかったが、良人からはまだきいていない情報が、旧知の厚かましい「政敵」の耳にすでに入っているのを知って傷つけられた。かづは早速しらばくれてみせたが、それをわざと下手に演じた。彼女はほとんど喜びと誇りをまでも、空疎《くうそ》な白ばっくれ方のもとに演じた。そうして他人行儀な良人へのこの時の恨みを、政治的に巧《うま》く転嫁してしまった。

「なんの決心でございます？　主人の浮気のことなら放《ほ》っといて下さいましな。私は目をつぶるところは、とことんまでつぶるつもりなんですから」

元亀は一向取り合わないで、用件だけを言った。こんな態度はいつもの元亀に似ず、彼の新らしい態度を示すものだった。

「とにかくばかげた決心だよ。これであの人の政治的生命は台無しになる。お前も一体何をしているんだね。女房として、捨身で飜意《ほんい》をすすめなさい。いいかい。これはわしが永年の友人として言うことだ」

それで電話は切れてしまった。

そのころ野口家へは、草刈委員長が訪ねて来、書記長も再三やってきた。雪後庵にいてもかづの耳には、腹心の書生から、野口家の毎日の訪客名簿がつぶさに告げられてくる。その訪問時刻、その帰った時刻、その用事の気配、そのときの主人の機嫌《きげん》……。

元亀の電話があって三日のち、野口雄賢の立候補のニュースが新聞に出る。

これがいかにも野口らしいところだが、新聞にすでに出た晩になって、かづを雪後庵から家へ呼び、居間に二人きりになって、いかにも重大な秘密を打明けるように、自分の決意を告げ知らせた。彼はまるきり妻が新聞なんか読まないものと決め込んでいた。野口のこの種の確信にはまるで理由がなく、たとえばかづが犬がきらいでもないのに、犬ぎらいだと信じ込んだり、かづが納豆を好かないのに、勝手に納豆好きだと決め込んだりする、ふだんからの習性だった。野口はいつしか自分の決め込んだ幻影にだまされて、妻を全く政治に興味を持たない女だと思い込むにいたったのかもしれない。

かづははじめてきくような態度で、この侍風な宣言をきき、元亀のすすめとは反対に、

「お引受けになった以上、思う存分やっていただきとうございます」

と殊勝な返事をした。

しかし元亀の電話があった朝から、すでにかづは空想の擒《とりこ》になっていた。自分の身に、活力の火が点じられ、死んだような生活は跡方もなく消え、やみくもの行動と戦いの日々がはじまるのを思った。

その日は冬のごく暖かい一日で、雪後庵の顧客の実業家の娘が、銀座のホールでピアノ・リサイタルをひらき、それを聴きに出かけたかづは、五階の窓から夕ぐれの銀座を眺《なが》めた。すると凸凹《でこぼこ》の屋根屋根の裏側をあらわに見せているその街が、いつにない親しみを以《もっ》て眺められた。

おちこちのネオンは輝やきはじめ、遠いビルの建築現場は、水いろの夕空へ斜めにさしのべた鉄骨やクレーンが、小さくまたたく灯《ひ》をいっぱいつけているのが、あたかも陸上に浮んでいるふしぎな港の夕景のように見えた。目近の或る古いビルの屋上からは、昼の勤めを果して休んでいた紅色のアド・バルーンが、ネオンを織り成した幟《のぼり》を引いて、又夕空へゆらぎながら昇りだした。

かづはこれらの薄暮の中空《なかぞら》にうごいている人々の影をたくさん見た。或るビルの裏手の非常階段を赤いおそろいの外套《がいとう》の女が二人上ってゆく。或る商店の看板の裏の物干場には、ねんねこおんぶの女が一人出ていて、暮れ残る白いシャツをとりこんでいる。白い帽子のコックが三人、汚れた屋上に出て来て煙草《たばこ》の火をつけ合っている。表通りの新築のビルの四階では、窓ぎわの椅子《いす》には人影がなくて、事務室の緑いろの絨《じゅう》毯《たん》の奥のほうを横切る娘の、赤いソックスの足もとだけがちらと見える。それらの人の起居《たちい》は妙に静かである。……そして高低さまざまの屋根の煙突が、稀《うす》い、あるいは濃い煙を、風の乏しい空へまっすぐに上げている。

『この人たちの一人一人の心臓の中へ喰《く》い込んで』とかづは夢想に酔いながら考えた。『野口雄賢の名前のために、一枚の票を投じさせるのはすばらしい。ああ、ここからあの人たちを一束ねに、ぎゅっと鷲《わし》づかみにできたらどんなによかろう！　一人一人の色事だの、お金の心配だの、喰《た》べたいものの思案だの、映画の約束だの、……そういうもので一杯な心の一隅《いちぐう》に、必ず野口雄賢の名前を彫り込んでやらなくては！　私はそのためなら何でもしよう。世間態や法律なんぞ構うことじゃない。雪後庵の立派なお客たちは、誰《だれ》しもそんなものにお構いなしで成功した人たちだもの』

固い名古屋帯の下で胸はふくらみ、夢想のために目のふちは酔ったようになり、かづは自分の熱い体がだんだん宵闇《よいやみ》のなかへひろがって、この大都会を包み込んでしまうような気持になった。

野口家の寝室には、古い十畳間に、結婚以来新らしいトゥイン・ベッドを入れた。それらは古いペルシア絨毯の上に置かれてあり、それに仰向けになると天井が異様に近く、周囲の襖《ふすま》や壁が異様に迫ってみえた。

野口がきまって先に寝入ってしまうと、かづはまた枕許《まくらもと》のあかりをつけて、本や雑誌を読むでもなく、じっと何かに目を凝《こ》らして、眠りを待つことがある。たとえば半月の形をした、刀の鍔《つば》のようにこまかい彫金を施した襖の引手をじっと見ていることがある。その引手にはそれぞれ四君子が彫り込んであり、蘭《らん》の引手が目の前にある。薄闇の中で、黒ずんだ金属の蘭の花は、かづの寝もやらぬ冴《さ》えた目に相対している。

部屋のなかは瓦斯《ガス》ストーヴをさっき消したので、温気が引き潮のように退《ひ》いてゆく。いつもの週末の、同じ静かな夜のあいだに、野口がどんな風にして出馬の決心を固めたのか、妻にもまったく窺《うかが》い知ることができない。立候補を受諾する前の彼も、考え中の彼も、受諾後の彼も、見事なほど変りがなかった。いかに野口でも定めしわくわくしたり、悩んだり、思い直したり、又元の考えに戻《もど》ったりしたにちがいない。しかし妻にはその片鱗《へんりん》も見せず、同じような寝る前の一ト しきりの咳《せき》、同じような中途半端な愛撫《あいぶ》や不透明な接近の仕方、同じような断念、同じような身をちぢこめて眠る蛹《さなぎ》めいた寝方を示したにすぎない。何か野口のベッドには、吹きさらしのプラットフォームのような感じがある。それでも彼は、かづよりも寝つきがいいのである。

それに比べると、トゥイン・ベッドの片われのかづの寝床には、燃えさかっているようなものがある。情欲よりも空想で体が熱して、冷えた金属の暗い蘭の花へ、手をのばして触ってみると気持がいい。彫金の蘭のこまかい起伏は、薄闇のなかでかづの指先に、小さな硬い無表情な気むずかしい顔を撫《な》でているような感じを与えた。

『そうだ。明日は月曜だ。明日こそ山崎さんを引込んで、行動を開始しよう』

とかづは思った。

火曜日の午後三時、かづはひそかに、銀座資生堂の中二階で山崎に逢《あ》った。

そのときのことを、のちに山崎が選挙回想録の中でこう書いている。

『……それまで何度もお宅へ伺っていて、私は夫人の快活なざっくばらんな気性に好意を抱いていた。しかしはじめて外で、一対一で逢ったとき、資生堂の階段を中二階へ上ってくる、いつもながらの快活な精力的な夫人が、ひどく孤独な女に見えた。御主人の選挙のことで頭が一杯の彼女が、こんなにまで一人ぼっちの印象を与えたのは不思議である。話しだすと、(われわれは選挙のこと以外は一言も語らなかったが)夫人は例のごとき熱情的な話しぶりで、忽《たちま》ち私を圧倒した』

山崎に訊《き》くべきことを、かづはメモに書き溜《た》めておいたので、質問は矢のようであった。選挙まではまだ半年乃至《ないし》十ヶ月の余裕がある筈《はず》だが、現在の都知事の気持次第で、いつ辞任しないとも限らない。それまで法律上は禁じられている事前運動を、野口に内緒で、かづが一人で推進するつもりである。金はこれこれの用意があるが、不足になったらすぐにも雪後庵を抵当に入れる決心をしている。具体的に、法網をうまくくぐれるような事前運動は、どういうのが効果的であるか。等々。

山崎はそれに一々指示を与えた。

「まず名刺をお刷りなさい。御主人の名前をなるたけ大きく刷り込んだ特大のやつを」

「ええ、刷りますとも。かえりに名刺屋へ一緒に来て下さいますわね」

とかづは息せき切って言った。

「都知事選がどんなに大きな選挙であるか、まあ一例が、東京中の電柱にポスターを二枚ずつ貼《は》るとしますね。電柱が十五、六万本はあるでしょうから、ポスターが三十万枚、一枚三円で九十万円、貼り賃一枚一円として、合計百二十万円。これだけでもう小さな選挙なら賄《まかな》える費用ですからね」

と山崎が言った。彼は何かにつけて数字を咄嗟《とっさ》に挙げ、それが人をよく納得させるのである。

かづがテエブルの向うで人前も構わず、大きな声で「事前運動」とか法律をごまかしてとか言うので、山崎はひやひやしてあたりを窺った。危険を感じた山崎は交換条件を出した。資金の問題をはじめ夫人の活動は一切野口には黙っているから、その代りかづはどんな些事《さじ》でも山崎と相談して動いてくれるように、と彼は申し入れ、かづはそれを承知した。

「あなたとざっくばらんにお話ししてようよう気が晴れたわ」とかづは朗らかに帯を叩《たた》いて言った。「何と言っても、主人は日本の『民《たみ》のこころ』なんか知りませんからね。横文字を読んで、書斎で勉強して生れついての御殿様で、女中の気持だってわかりゃしません。あなた方全部が、やっぱり頭でわかっていらっしゃるだけじゃないんですか。そこへ行くと、私は大衆の心の中へすらすら入ってゆけるわ。ハートをぎゅっとつかんでやれるわ。私だって、困っていたころには、薩摩揚《さつまあげ》を売り歩いたことだってあるんですから。あなたは、山崎さん、薩摩揚を売って歩いたことなんてないでしょう」

山崎は閉口した笑いをうかべた。

「理論の及ぶ範囲はせまいです。五百万の有権者をつかむには感情の武器が要るし、奥さんはそれをたしかにお持ちだ。われわれも心丈夫ですよ」

「つまらないお世辞を言うもんじゃなくってよ、山崎さん」

とかづは色っぽい声を出して袂《たもと》をふり上げた。そしてはやいっぱしの口をきいた。

「政策なんて二の次ですよ。選挙はお金と心情だけが大切で、私は教育のない女だから、その二つだけでぶつかるつもりよ。それに私の愛情は、五百万人ぐらいに分け与えたって、まだ余るんですから」

「よくわかりました。奥さんはその気持でしゃにむに進んでください」

かづは山崎に成熟した男の、女に対する半ば閉口顔の寛大さをみとめるのが快かった。

「私をとことんまで利用して下さい。私は利用し甲斐《がい》のある女ですから」

止《とど》めを刺すようにかづはそう言った。

山崎はコーヒーを呑《の》み、大きなショート・ケーキをあまさず喰《た》べた。きちんとネクタイを締めて、赤ら顔で、大きな菓子を喰べる男がかづに安心を与えた。

それからかづは自分の経歴を知ってもらいたいと言い出して、生れ落ちてからの苦労のかずかずを、かいつまんで、一時間ちかくもかかって一人で喋《しゃべ》った。このことは結果としてよかった。のちに山崎を一そう彼女の味方にする機縁を作ったからである。

かづの率直と正直は、別に愛していない男の前では、容易に露出的にまでなるのだった。彼女は人の幻想を破るためにこれ力《つと》めるが、人はかづにははじめから幻想を抱きようがなかった。肥《ふと》り肉《じし》の美しさには平俗な暖か味があり、衰弱したところは少しもなくて、どんな宝石や衣裳《いしょう》に飾られても、故里《ふるさと》の雪のあとにあらわれる黒い土の香りがあった。実際こんな豊饒《ほうじょう》な印象が、お喋りをもうるさく思わせず、むしろつきづきしく見せるのである。

山崎はよい聴き手だった。彼を相手に喋っていると、かづは自分の言葉が相手の顔を網のように吹き抜けてゆかず、この微笑を絶やさない肉の厚い顔に確実に沈澱《ちんでん》してゆきそうな感じを持った。

「何でも私には気やすく率直に話して下さいね」

とかづは言った。永からぬ結婚生活のあいだに、かづはすでに自他の率直さに飢えていた。

野口は何も知らなかった。彼の目に耳に直接に入ってくるものの他《ほか》、特に知ろうともしなかったので、何も知らずにいられた。この殿様風な、又、高級官僚風な習性のおかげで、かづは野口に対して自分の活動の秘密を守るために、大した努力も要しなかった。あまつさえ週の五日は雪後庵にいたのである。

その週の五日は、しかし、日ましに雪後庵のものではなくなっていた。かづは車でひんぱんに飛びまわり、ひんぱんに山崎と会っていた。山崎は深夜突然かづの思いつきの電話のために、眠りを破られることが稀《まれ》でなくなった。

野口はといえば、あいかわらず、週に二時間、まじめに山崎のお講義をきいて、ほかのことは何もしなかった。政策、資金、選挙の人事、一切の話を山崎を通すことに決められ、また山崎は一切の助言をできる立場に立った。まことに遵法《じゅんぽう》精神に富んだ野口は、選挙告示があるまでは何の運動もしないつもりだった。かづと山崎の秘密のあいびきは、革新党の首脳部にはよく知られていた。かれらは山崎に指令を下し、かづが逸脱しない限りでは好きなだけさせる方針でいた。革新党が今まで、こんなに金もあり熱情もありその上女でもある有力な同伴者を持ったことはなかった。そして野口は、ときどき耳にする事前運動らしい動きも、みんな革新党の金によるものだと思っていた。半生を国家予算を使って暮してきたので、公金というと、彼には使っても使いきれない国家予算のイメージしか浮ばぬらしかった。

名刺はすぐできた。かづは煙草屋《たばこ》にも、食堂の女給仕にもそれを配った。山崎はある日かづと車に乗っていて、車を止めさせて、かづが大きな老舗《しにせ》のパン屋へパンを買いに入ったのについて行った。三千円も餡《あん》パンを買ったので、かづ一人では持ちきれなかった。山崎はその袋を両手に引受けながら、かづが店の女主人に、

「こういうものでございます。どうぞよろしく」

と例の特大の名刺をさし出すのを見ておどろいた。

車に戻《もど》ってから、こう言った。

「おどろいたな、奥さん、あの店のおやじは保守党の都会議員ですよ」

「あら、そう。知らなかったわ。でも敵方をギクリとさせるだけの効果はあったでし

よう」

「こんな沢山、餡パンをどうするんです」

「江東地区の孤児院へもって行きましょう」

「孤児には選挙権はありませんよ」

「孤児のまわりには感傷的な大人がいっぱいいます」

山崎は黙って孤児院のお供をし、又特大の名刺にお目にかかる羽目になった。

かづの姿は都内の祭礼や美人コンクールやあらゆる人寄せの場所に見られるようになった。寄附をする。名刺を配る。たのまれれば歌も唄《うた》う。おかみさんの集まりには割烹着《かっぽうぎ》を着てゆき、わざとらしさということに鈍感な人たちに人気を博した。

かづはインテリ階級にだけしか浸透しない革新党の人気に、大いに批判的な立場に立った。江東地区と三多摩《さんたま》の農村地区が弱いときくと、ひろい東京のその一劃《いっかく》に、かづでなければつかまえることのできない多くの心臓が脈打っているのを感じるのであった。

「三多摩にいい伝手《つて》はありませんかね」

としばしば山崎にも言った。ある晩春の一日、山崎が情報を持って来た。

「青梅《おうめ》で大忠霊塔の定礎式があったそうです。その公園で記念の民謡大会というのがひらかれて、お師匠格の振付師があなたの同郷なんで、御招待したいと言っていますが」

「願ってもない機会ですね。割烹着で行きましょう。

「さあ、民謡に割烹着はどうでしょう」その件は調べておきますよ」

――かづのつもりでは、こういう各種の運動、金をばらまくやり方、そのどの一つも冷静な計算に立ち、どんな人情の発露と見えるものも、選挙に勝つために人を利用することでしかなかった。そう思い込みながら、彼女は自分の献身の熱情がすなおに人に与える感動は計算に入れていず、実際そういう感動を味わった人の話をきくと、肚《はら》の中で嗤《わら》っているくせに、一方、彼女の行動が何ら真率な熱情を持たず功利的な計算だけに出ているという批評に出会うと、今度はこんな「誤解」にむきになって怒った。この点に限ってかづの心理はなかなか複雑だった。

かづ自身の全くあずかり知らないことだが、ひたすら民衆を利用しようとするかづの単純な偽善的な遣口《やりくち》は、ふしぎなことに彼らに愛される大きな理由になった。かづが打算と考えているものは一種の誠意、とりわけ民衆的な誠意であり、動機がどうあろうとも、献身と熱中は、民衆に愛される特性だった。そして本当のところ自分の冷静さについては、かづはあまり大した自信を持ってはいなかった。彼女のあけっぴろげな謀略、むきになって人をだましてかかろうというやり方、その恥しらずなしつこい繰り返し、こういうものは却《かえ》って単純な人たちの警戒心を解いた。民衆を利用しようとしてかかればかかるほど、民衆に愛された。かづの行くところ、何やかと蔭口《かげぐち》をきかれても、高まった人気があとに残った。江東地区のおかみさん連のところへ、かづが割烹着を着て出かけてゆくとき、かづの気持では、人目をあざむいて相手に融《と》け込むために、貴婦人がわざわざ割烹着を着込んでゆくのである。ところが人々の目は正しく見ていた。かづは割烹着のほうが似合うのだった！

晩春のまことによく晴れた午《ひる》さがり、かづは山崎を伴って、青梅市へ二時間のドライヴをした。

「忠霊塔の寄附金は十万でよかったかしら」

と車中かづは例によって奉書の包みを示した。

「多すぎやしませんか」

「青梅ばかりでなく三多摩の遺族みんなのためなんだから、少なすぎても多すぎやしないわ」

「そりゃああなたのお金だから勝手ですが……」

「又そんな冷たいことをいうのね。今私のお金というのは、要するに党のお金なんですよ」

こんなまともな大義名分には、山崎はいつでも脱帽するほかはなかった。それでもこのごろは立入った皮肉を言った。

「忠霊塔の礎《いしずえ》の前に立つと、又滂沱《ぼうだ》たる涙が自然に流れるんでしょうな」

「そうですとも。自然にですよ。自然なものしか人の心を搏《う》ちませんよ」

青梅街道をゆくにつれて、沿道には緑が多くなり、わけても美しい欅林《けやき》があちこちに見られた。欅は青空へ思うさま繊細な枝をひろげ、その林はあたかも、空の海へ一せいに投げかけた投網《とあみ》のような鮮やかさである。

かづは久々の遠出に心たのしく、持参のサンドウィッチを山崎にしきりにすすめ、自分も喰べた。良人《おっと》と一緒でないことの寂しさが少しも感じられないのは、この仕事がまぎれもない良人のためのものであり、精神的紐帯《ちゅうたい》は一緒にいるときよりも却って強まっているからだとかづは考えたが、そのわがままな精神的紐帯は、このごろではかづ自身の幻想、かづ自身の解釈しか許さないものになっている。

——青梅市は戦災を免《まぬ》かれた古風な物静かな町である。かづは車を市役所の前に止め、前以《もっ》て山崎が連絡しておいたので、地方新聞の記者たちに取り囲まれながら、市長室へ行って市長に会い、忠霊塔の寄附金をさし出した。助役とかづの同郷の振付師とがそれからかづの車に同乗して、永山公園の碑の礎のところへ案内することになった。道は町中《まちなか》の横丁を通り抜けて、小さな陸橋を渡って北上して、裏山の山腹を切りひらいたゆるやかな自動車道路を昇ってゆくのである。

沿道の若葉の美しさにかづは嘆声をあげた。かづはどこへ行っても自然の風光を褒《ほ》めそやすのを忘れなかった。それを政治的に重要だと思ったからである。政治家の目からは選挙区の景色はどこも美しく見えなければならず、自然を美しく眺《なが》めるには政治家でなければならない。それは収穫されるべき果物の、みずみずしさと魅惑に充《み》ちている筈《はず》だ。

果して山上の公園の眺めは、かづの心を魅した。忠霊塔の礎の前で少し泣き、公園の広場の中央に立てた櫓《やぐら》のまわりに群れ集うている民謡連盟の女たちに少し微笑を見せたけれども、案内された小高い涼亭《ちん》の上からの眺めは、日ごろの繁忙を忘れさせるほどであった。

東南へひらけた眺めは、町外れの東のかたに、迂回《うかい》する多摩川のゆるやかな流れとひろい河原を、そこかしこの杜影《もりかげ》のむこうに示していた。広大な眺望《ちょうぼう》は、公園の夥《おびただ》しい赤松の枝々に劃《かく》されていた。

谷あいの市を隔ててすぐ向うの南の山々には、けば立った若葉の鬱金《うこん》いろが目立っており、午後の日はあきらかなのに、霞《かすみ》がいちめんにかかっていて、そのあいまいな光りにまぶされた若葉の堆積《たいせき》は、寝起きの髪のように不しだらに見えた。眼下の町には軒のあいだにときどきちらと、派手なバスの車体の色が横切った。

「いい景色ですね。なんていい眺望でしょう」

「東京近郊にこの永山公園ほどの眺望は、ちょっと類がありませんでしょう」

と助役が言った。そして涼亭の軒からそこらの松の枝へ、いちめんに懸け連ねた記念祭の提灯《ちょうちん》を、手に巻いた地図で一寸《ちょっと》はねのけて、

「あの東の地平線に見えるのが立川です。ここから見れば、遠目できれいに見えます」

と言った。

かづはそのほうへ目を転じた。ところどころの杜のあいだに河原をあらわした多摩川は、東の果てに姿を隠してしまって、地平線上には、岩塩のような白い町が燦《きら》めいていた。そこから白い砕片が舞い上るようにみえるのは飛行機で、舞い上ると、低く地と平行に南のほうの丘影へ切れた。そこがあまり白いので、かづは墓地だと思った

ほどである。

ここから眺める立川基地には、人間の町のけはいは少しも感じられず、ただ地平に接した何か冷たい鉱物の巨《おお》きな聚落《しゅうらく》のように思われた。その上の広闊《こうかつ》な空にはいろいろな雲があった。地平に近い雲ほど硬く凝固していて、上へゆくほど輪郭はぼやけ、形態はあいまいに煙のようになった。その中程のところに、上方は乱れた縁《ふち》を光りにかがり、下方は彫刻的な陰翳《いんえい》をくっきりと示した一群の雲があった。それらの雲だけが、却って現実感を失って見え、空に映したみごとな雲の幻燈のようであった。

こうして晩春の午後の或《あ》る一刻の光りが、もう二度と目に映ることのない、奇妙に精緻《せいち》で確実な風景を拵《こしら》え上げていた。雲にさえぎられて、近景の杉林が俄《にわ》かに黒ずむときも、地平線のその風景は、縛《いま》しめられたように身じろぎもしなかった。

……こういう景色から、もちろんかづは、何らの人間的な印象を受けなかった。自分と向い合わせになっている巨きな美しい無機質のものを感じた。それは雪後庵の庭とはまるでちがう自然であり、彼女の手の内に納まる人間らしい美しい微細画ではなかった。それにしても、こうして展望することは政治的な行為であった筈だ。展望し、概括し、支配するのは政治の仕事である。

かづの心は分析に適していなかったが、この風景が一瞬彼女の目に宿した美は、かづが自分の豊満な、熱情と涙にあふれた肉体に託している政治的な夢とは反対に、何だかひどく嘲笑《ちょうしょう》的に、彼女の政治的不適格を暗示しているように思われた。

そのとき夢からさめたように、背後の太鼓のひびきとレコードの拡声器の歌声と、それに和する大ぜいの人たちの民謡の合唱が、かづの耳を搏った。はじめて、そこらじゅうに懸けつらねた昼の提灯のけばけばしい色が目に映った。提灯の一つらは、やわらかな若葉の枝先に葡萄《ぶどう》いろのこまかい花をいっぱいつけた楓《かえで》並木の梢《こずえ》をもめぐっていた。

「さあ、あの中へ入りましょう。あの中へ入って一緒に踊りましょう」

とかづは突然、山崎の手を引いて行った。

「これはおどろきましたな、奥さん」

と助役が言った。

かづの目ははや風景を見なかった。振付師がかづを案内して、民謡の踊りの群へわけ入った。民謡連盟の人たちを主軸にした町の主婦や娘たちが、ことごとく揃《そろ》いの法被《はっぴ》を着て、御嶽杣唄《みたけそまうた》を歌い踊っていた。かづの手は自然にその人たちの手に倣《なら》い、足も自然にそれに倣った。

「不器用ですね。私が前に立つから私を見習いなさい」

と、しじゅう手足をまちがえる背広姿の山崎の肩を叩《たた》きながら、かづが言った。

「奥さんは天才だな。お教えする必要がありませんよ」

と振付師が踊りながら言った。助役は踊りの輪の外に立って、呆然《ぼうぜん》と眺めていた。

さるほどに、法被を着ないこの二人の都会風な新入りは、踊る人たちの注目の的になった。かづはすでに酔っていた。人間的なものの中へ融け込んで、この日ざしの下で汗をうかべながら踊っている女たちの体に触れ、その匂《にお》いを嗅《か》ぐと、かづはすぐ自分を忘れて、踊りに没入することができるのである。そこにははじめての土地の未知の人たちとの間の壁が何も感じられず、櫓の上の激しい太鼓の連打と、レコードの金切声の唄と、それだけでかづの体はそこに踊る人たちと一体になり、またたく間《ま》に頰《ほお》をつたわる汗は、もう彼女一人の汗ではなくなった。

一曲が途切れたところでかづは助役のところへ走ってこう言った。

「私、すっかり嬉《うれ》しくなっちゃいましたわ。佐渡おけさを唄いますわ。櫓の上にマイクロフォンがあるんでしょう」

かづのまわりには田舎の主婦たちの顔がいっぱい集まっていた。大方は中年すぎの、小金を持つ余裕のできた顔ばかりだが、汗が晴れの化粧を崩して、半生の労働の日に灼《や》けた革のような肌《はだ》をのぞかせていた。小さな好奇心に充ちた目や、好意的な金歯の微笑や、ちぢれ上った後れ毛や、こういう顔に対してかづは絶大な自信があった。

助役がそれらの人ごみを分けて、かづを櫓の上へ伴った。梯子《はしご》は急だったが、こういう多少の危険がかづを幸福にした。

助役がマイクに向ってこう呼びかけた。

「皆さん、今日は有名な革新党の野口雄賢先生の奥さんが、わざわざこの民謡大会を見物に東京から見えておられます。ひとつ、これから奥さんに佐渡おけさを歌っていただきましょう」

かづがマイクの前へ進み出て挨拶《あいさつ》をした。

「私が野口雄賢の妻でございます。こうして皆さんのおたのしみを拝見しているうちに、すっかり嬉しくなって、拙《つた》ない唄をおきかせする気になりました。どうぞみなさん、踊って下さい」

太鼓の若い衆に、かづが手を打って拍子を教えると、その様子を見て、眼下の群衆がどよめいたが、唄いはじめると静かになり、ほぐれるように踊りだした。

「ハア
佐渡へ佐渡へと草木もなびくヨ
佐渡は居よいか住みよいか

昔思えば涙でうるむヨ
おぼろ月夜の恋ヶ浦……」

——日暮れ迄《まで》、かづは櫓を下りては踊り、上っては唄った。民謡連盟の人たちが、数人かづと共に櫓に昇り、かづのはじめて唄う大多摩節を教えながら唄った。

日暮れと共に公園じゅうの枝々につらねた提灯は一せいに灯《ひ》をともした。かづは三度目の佐渡おけさを懇望されて、又一人櫓に昇った。提灯がともると共に、周囲の山々の黒さは迫って見えた。三度目のおけさが終ると、こういう大会にはめずらしい拍手が、まわりの山腹に谺《こだま》した。山崎があわただしく櫓へ上って来て、かづの耳もとでこう言った。

「大へんな成功です。今夜は民謡連盟の主婦連が、あなたを離さないと言っていますよ。あなたはとうとう三多摩をものにしましたね」

「そう」

とかづは手巾《ハンカチ》で汗を拭《ぬぐ》いながら、向うの山に目を放った。

「お疲れでしょう」

「いいえ、それほどでもありませんよ」

歌っているあいだ、かづが注意を惹《ひ》かれていたものが向うの山腹にあった。それは夜と共に迫ってみえる黒い山肌に、見えかくれする一点の火であった。焔《ほのお》というにはかぼそく、ときどき吹き上げる火の粉のようで、昼間見たときには人家もなかった山の一つの襞《ひだ》から、鮮やかな火は、そのあたりをほのかに照らして又消えた。注意して見ると、そこから煙が斜めに上って、山の尾根あたりにまで棚引《たなび》いていた。

「あの火は何ですか」

とかづは片肌脱ぎになって汗を拭いている太鼓の若い衆にたずねた。

「あれですか。何だろうなあ」

と彼はもう一人の若者にきいた。

「あれか。市の火葬場の煙突だよ」

不遜《ふそん》な肉の厚い顔をした若者は、事もなげにそう答えた。かづは甘美な気持で野口のことを、また野口家の墓のことを考えた。

第十二章　衝　突

雪後庵《せつごあん》の客は日ましに減った。まず永山元亀が来なくなった。最後に来たときに、座敷へ出たかづとの間には火花が散った。

「なかなかやっとるらしいねえ」

と元亀がにやにやしながら言った。

「何のお話ですか」

「しかし世間じゃ、敵は本能寺に在《あ》り、だと言ってるよ」

「ますます謎《なぞ》みたいなことを仰言《おっしゃ》いますね」

「いや、亭主《ていしゅ》に惚《ほ》れたというだけじゃ、あそこまでやれまいと言ってるんだよ」

「へえ、私は又《また》、女は一旦《いったん》惚れたら人殺しでも平気でやれるもんだとばかり思っていました」

「人殺しは、そりゃあいいだろう。だが人殺しよりもっとわるい。お前はわれわれの知恵を敵方へ売ったのだ」

「いつ私があなたの秘密を売りました」

「秘密とは言ってない。知恵と言っている。お前のやってることは、ねんねの革新党に悪い知恵をつけとるんだ。われわれだけの持っていた悪知恵をね」

「あなたにつけていただいた知恵なんか、たかが知れておりますよ」

「まあ、お前の気性じゃ止めても無駄《むだ》だろう。やりたいだけやりなさい。しかし革新党の選挙違反はお目こぼしがきかないからね。気をつけてやりなさい。奴《やつ》らは金がなかったおかげで、今までぶちこまれる危険も少なかったというわけだ」

「御親切にありがとうございます。でも私がもし捕まったら、検察庁へ申上げることも沢山ございますからね」

元亀は顔色を変えて黙ってしまった。それからすぐ座を立つのは大人げないと思ったものか、相客に例の猥談《わいだん》を一トくさりやって、いつもより早々《はやばや》と帰った。帰りがけにかづが廊下を送ってゆくと、元亀はかづの肩に手をまわして、乳のあたりを二三度軽く叩《たた》いた。こんな陰鬱《いんうつ》な色仕掛がかづの心を、元亀から決定的に引き離した。

——あくる日山崎が呼び出されて雪後庵へゆくと、かづは自室で長襦袢《ながじゅばん》一枚で按摩《あんま》をさせていた。その長襦袢のみごとな鴇《とき》いろに、今さら山崎はおどろいた。しかし人によっては媚態《びたい》とも見まちがえかねぬかづのふしだらな姿態が、愛さない男にだけ示す寛《くつ》ろぎだということを、山崎はとっくに承知していた。腿《もも》を揉《も》ませるとき、鴇いろの裾《すそ》が乱れてまっ白な太腿がちらとあらわれる。これは五十も半ばの女とは思えない底光りを澱《よど》ませた滑らかな腿だった。かづはその腿を、無責任にそこへ放《ほう》り出しているのである。

「用事は何です。こっちが誤解しないうちに、早く願いますよ」

「用事って別にないの。ただ山崎さんに安心してもらいたくて呼んだんですわ」――かづは、揺れている小舟の上で身を起す女のように、駘蕩《たいとう》と少し身を起した。「私はね、安心して頂戴《ちょうだい》、何をしたって、決して逮捕されませんから」

「一体何故《なぜ》です。委員長もそれを一等心配しているんですよ」

「一寸《ちょっと》私が脅迫をやりましてね。それでもう大丈夫なの」

かづは山崎の返事もきかずに、うしろ向きに寝返って、按摩に腕を揉ませながら、更にこう言った。

「それからこの間あなたにお頼まれした労組の宴会ね。あれ、お引受けしてもよござんすよ。但《ただ》し会費は私の言うとおりにして頂戴」

「それはありがたいが、何分貧乏世帯ですからね」

「だって三百円ならいいでしょう」

「三百円？」

と山崎はあまりの安さにおどろいた。

「三百円ですよ。本当はこれからますますお世話になる方々だから、只《ただ》でお招きしたいんだけれど、そうすれば気持に負担をかけますからね。もちろん料理もお酒も、極上のをお出しします」

この日の会話でかづは意外な収穫を得た。山崎が、かづが夙《と》うに知っているものと思って何気なく話した話を、はじめて知ったのである。それは野口が終戦数ヶ月前に、天皇に和平の建白書を奉ったという挿話《そうわ》である。かづは大いに喜び、何故今まで黙っていたのかと山崎をなじった。

かづはそれを早速パンフレットに作ろうと言い出した。しかし野口に内緒でこういうことをするのは山崎にはためらわれ、野口に明かせば頭から反対されるに決っていた。野口に黙って事を運ぼうとするかづの果断は、今や限度を知らないように見えた。かづはやすやすとこう言った。

「もちろん主人に相談する必要はありませんわ。これほど有利な材料はありません。それを使うのは一にも二にも主人のためだし、こんないい材料を寝かしておくのは、私たちの疎漏《そろう》というものじゃありませんか」

結局山崎は押しきられた。その上かづの、いずれ眠られぬ夜に考えた妙案の一つとして、野口の写真を入れたカレンダーを五十万部刷ることを承知させられた。カレンダーは一枚四円ほどで、図案も斬新《ざんしん》でなければならない。それは各労組へ配られ、教員組合の手を通して、生徒たちの家庭の壁にまで貼《は》られるであろう。……かづは空想をつぶさに山崎に話し、例によって時の移るのを忘れた。……カレンダーは町工場の板壁や、お針子のミシンのわきや、子供の勉強部屋の壁にまで貼られるだろう。家庭の夕食の会話にまで、野口の名が現われるだろう。「この人何ていう人？」「野口雄賢っていう人。君知らないの？」……野口の写真はいつも微笑していなければならない。ああ彼の笑っている写真の乏しいこと！　彼の写真は初老の品のよい微笑をうかべて、幾多の貧しい食卓をじっと見戍《みまも》らねばならない。その食卓から上る温かい湯気を顔に受けなければならない。鳥籠《とりかご》のほとりや、古い柱時計の下やテレビのかたわらや、野菜や魚の注文を書きとめた厨房《ちゅうぼう》の小さい黒板のすぐ上や、猫《ねこ》が眠っている茶簞笥《ちゃだんす》のそばや、いたるところへ忍び込んで、野口の微笑が漂っていなければならない。そしてその銀髪の威厳と微笑で、いつかしら人々に、彼を、むかし来るたびに菓子をくれ頭を撫《な》でてくれた懐《なつか》しい伯父さんと混同させてしまわなければならない。その微笑が人々の記憶を混乱させ、いかにも情緒に充《み》ちた正義感の昔ながらの幻を蘇《よみがえ》らせ、港に入った古い船の船名が、出帆のときには未来の又の名になるように、彼の名が、煤《くす》んだ貧しい壁を打ちやぶる未来の別名にならなければならない。

「たとえば猫が起き上って、伸びをして」とかづは附加えた。「あの人のカレンダーの顔に背中をすりつけるでしょう。年寄が猫をそこから抱き上げたときに、そこにあの人の微笑を見るでしょう。そのときほどあの人の表情が、なつかしい寛大な微笑に見えることはありませんわ」

山崎は帰りがけに、さらに囁《ささや》かれた。

「お金の心配は要りませんよ。雪後庵はもう抵当に入れて、あしたは二千五百万円ほど揃《そろ》いますから」

＊＊＊

革新党も労組も、今まで三十万票までの選挙なら経験があったが、五百万票を相手にすると、作戦も立たず、途方に暮れているばかりだ、と山崎の言った言葉が、いよいよかづに確信を与え、選挙こそかづの天与の仕事だと考えるようになった。それはほとんど空虚を相手にして全精力を使うゲームであり、どこにも確証のないものへ向って不断に賭《か》ける行為だった。いくら昂奮《こうふん》しても昂奮し足りないような気がし、いくら冷静になっても冷静になり足りないような気がしたが、そのどちらにも目安というものがなかった。かづが一つ免《まぬ》かれているのは、「やりすぎたのではないか」という惧《おそ》れだった。これには山崎も顔負けで、この革新党きっての選挙のヴェテランが、いつしかかづの何でも大ぶりなやり方に敬服するようになっていた。

終日ふりつづける雨に暗いある日のこと、夕刻雪後庵にかえったかづは、内玄関で腹心の女中が顔色を変えているのを見た。

「旦那《だんな》様がいらしていらっしゃいます」

「どこに」

「奥様のお部屋でお待ちですけど」

「どうしてあんなところへお通しした」

「さきほど急にいらしって、御自分でさっさとお部屋へ入っていらしたんです」

かづは思わずそこに立ちすくんだ。野口が予告もなしに雪後庵へ来たのははじめてだったが、何よりかづのぞっとしたのは、自室の次の間には刷り上ったカレンダーとパンフレットが山と積まれていたからである。

かづの胸は早鐘を打ち、湿った雨ゴートを脱ぎもやらず立っていた。内玄関の灯の下で、かづは自分が怖《おそ》ろしい顔をしているのを感じた。傘《かさ》をさしかけてきた老いた下男は、傘を畳むのも忘れて女主人の顔を見戍った。

かづの心はありたけの嘘《うそ》を考えていた。陽気な言いのがれは彼女の天分の一部で、どんな窮地に立っても、狭い軒下をくぐり抜けて飛ぶ燕《つばめ》のように、忽《たちま》ち身をかわすことのできるかづなのに、この場合に限って何も言わないことこそ最良の言いのがれだろうと思われた。彼女の根本的な善意は疑いようがなく、根本的に疾《や》ましいところは何もないのに、かづはただ世界中で野口が一等怖いのである。

かづはそろそろとコートを脱ぎながら、裏門から内玄関までの露地にふりそそぐ雨のほうを見返った。石榴《ざくろ》の朱の花が雨に搏《う》たれている。今年は暖かいので、ずいぶん早く花をつけたのである。暮れかかる雨の戸外に、その色だけはなお強烈に燃え、これを見るとかづの気持もいくらか落着いた。

「只今《ただいま》かえりました」

とかづは自分の部屋の閾際《しきいぎわ》に膝《ひざ》をついた。

和服の野口はそのまま立上って、ついたかづの膝を足の爪先《つまさき》で蹴《け》り出すようにしながら、

「すぐ家へかえるんだ。さあ」

と言って、廊下を先に立って歩きだした。その右手にパンフレットと折り畳んだカレンダーがあるのを見たかづは、廊下の太鼓橋を野口が先に立って渡るうしろ姿から、ふと初対面の夜の同じうしろ姿を思い出し、悲しさと恋慕との募《つの》った複雑な気持になり、みんな自分の好んでしたことを不幸な宿命のように考えて、泣きながら蹤《つ》いて歩いた。

玄関を出るときも、かづの涙に馴《な》れっこになっている女中たちは怪訝《けげん》な顔もせず、野口は頑《かたく》なに口をつぐんでいた。椎名《しいな》町までの車中、かづは泣きつづけ、野口は一言も物を言わなかった。

家へかえると、野口は黙ってかづを書斎へ伴い、内から鍵《かぎ》を下ろした。彼の怒りは燃えているようには見えなかったが、怒りは険阻な岩のようにそびえ立って、よじ上るすべもなかった。

「どうして雪後庵へ出かけたかわかるか」

かづは泣いたまま、かすかに首を振った。その首の振り方に、自分でもいけないと思うのに軽い媚態《びたい》がちらついていた。そこでいきなり頰桁《ほおげた》を張られた。彼女は絨毯《じゅうたん》の上へ崩折れて泣いた。

「わかるか」と野口は息をはずませながら言った。「今日印刷所から家へ電話がかかって、僕《ぼく》がそれに出たのだ。カレンダーのお金が精算してないから払ってほしい、という。奥さんに頼まれたというのだ。訊《き》き質《ただ》したあげく貴様の仕業《しわざ》がわかった。雪後庵へ行ってみると、カレンダーばかりじゃない。これは何だ。これは一体。無礼者！」

野口はこう言って、今度はパンフレットでかづの顔を何度も叩《たた》いた。かづは良人《おっと》と諍《いさか》いをしたことは再三あるが、これほどの目に会ったことはない。打たれながら上目でちらりと見ると、野口は息をはずませてはいるが、顔が怒りに歪《ゆが》んでいるというのではない。こんな狂気の冷静さがかづの身を慄《ふる》えさせた。

「貴様は亭主《ていしゅ》の顔に泥《どろ》を塗ってくれた。いかにも貴様のやりそうなことだ。僕の履歴を見事に汚してくれた。恥を知れ、恥を！　亭主が世間の笑い者になるのが嬉《うれ》しいか」

そして今度は床の上のかづの体を所きらわず踏んだが、その軽い体重はいかにも非力で、叫び声をあげながらころげまわるかづの体の豊かな弾力に、足はともするとはね返された。野口は机のむこうの椅子《いす》に落ちつくと、泣き叫ぶかづの寝姿を遠くから眺《なが》めた。

野口の叱責《しっせき》は言葉つきも古風で大時代《おおじだい》で、いかにも古い正義感の権化《ごんげ》を思わせた。彼の怒りには堂々たる型があり、かづは内心こういう古くさい男の怒りが好きだった。

かづは痛みと幸福のために気を失いかけていたが、野口は一旦怒って禁ずべきことを禁じてしまえば又あとはすぐ盲らになり聾《つんぼ》になる男だということを、気を失いかけた頭でゆっくり考えた。この考えの反復のうちに、かづはふたたび、野口に対して寛大になる以上に自分に対して寛大になった。

それでいてかづの声は獣のように、叫びながら宥《ゆる》しを乞《こ》い、ありったけの詫《わ》び言をわめいていた。気を失って静かになり、又前にまさる声で宥しを乞うた。野口の拷問《ごうもん》は長くつづき、この分《ぶん》ではかづが相当の金を使っているにちがいないから、何もかも白状するまでここを出てはならぬと言った。かづは譫言《うわごと》のようにこう言った。

「自分でためたお金……あなたのために使った……みんなあなたのために……」

野口は冷然とこれをきいた。そして一語も弁解をきかないという態度を示して、書《しょ》棚《だな》から洋書を出して来てかづから顔をそむけて読んだ。

かなり永い沈黙があった。机上のスタンドのあかりだけが輪をひろげ、雨の音と、時折野口が洋書の頁《ページ》をめくる音のほかには、かづの乱れた息づかいがきこえるきりである。そこには静かな書斎の夜があって、ただ床《ゆか》に裾《すそ》を乱した豊かな体軀《たいく》の初老の女が横たわっているきりである。かづは自分の裾から腿があらわれ、スタンドの仄明《ほのあか》りの外側に、それが息づかいにつれてかすかに起伏しているのを知っている。かづはそこが次第に冷えて痺《しび》れたようになることで、露《あら》われている肉の所在を確実に知っている。その疑いようのない無益を自らいとおしみ、その冷たさ、その痺れで、かづは自分の腿のおぼめいている白い部分が、すべての拒否にさらされていると思うのである。その痺れをとおして、野口の拒否が彼女の身内に流れ込んでくるように感じられる。

とうとうかづは裾の乱れを直して、居住いを正して、絨毯の上に頭をつけて、何もかも白状すると申し立てた。雪後庵を抵当に入れたことから、洗いざらい言ってしまった。

野口は意外にやさしい声でこう言った。

「すんだ事は仕方がない。しかし明日から雪後庵を閉鎖して、ずっとここの家で暮すんだ。いいかね。そしてここを一歩も出てはならん」

「雪後庵をですか」

「そうだ。言うことをきけないというなら、離縁するほかはありません」

かづにとってこの一言はどんな打擲《ちょうちゃく》よりも怖ろしかった。彼女の目前に暗い大きな穴がひらいた。『離縁されたら……私は無縁仏になる』……そう思うとかづはどんな代償をも仕払う気持になった。

第十三章　恋路の邪魔

こんないさかいの結果、かづは雪後庵を売りに出すほかはないという結論に達した。とかくの噂《うわさ》のたねにもなり、逆宣伝の材料にも使われがちな雪後庵は、わけても野口にとっては、妻のよからぬ行動の根拠地としか思われなかった。野口に内緒でかづが雪後庵を抵当に入れ、その金で事前運動をしていたことには怒ったが、こうなればいっそ禍根を絶って、雪後庵を売りに出して、今度はこの公明正大な金を選挙費用に充《あ》てるべきだと野口も思うようになった。野口は党がそれほどまでに貧しいのをはじめて知ったのである。

雪後庵の売却は野口に委《まか》された。かづの雪後庵への愛着ははげしく、手離す悲しみは言葉につくせなかったが、彼女はあの美しい庭よりも、結局野口家の小さな苔蒸《こけむ》した墓のほうを選んだ。

こんな売却のごたごたは、計らずもかづに、一旦《いったん》閉じこめられた野口家から、又雪後庵へ帰る立派な口実を与えることになった。雪後庵へかえると、かづは店の整理などには一向手をつけず、いつまで閉鎖がつづくかを不安がる雇人たちにも真相を知らせず、毎日山崎を呼んで、いろいろと謀《はか》り事をめぐらし、何かよい案が思い浮ぶと居ても立ってもいられず、すぐさま車の用意をさせた。こうしてあれほどの叱責《しっせき》にもかかわらず、雪後庵の閉鎖を除いては、かづの生活はすべて又旧に復してしまった。

野口は親しい弁護士に売却を依頼したが、間もなく有望な買い手がみつかった。それは藤川コンツェルンの藤川玄蔵で、むこうの顧問弁護士とこちらの弁護士が交渉して話はたちまちまとまりそうに思われたが、売り値の一億に、むこうはどうしても八千万円の線までしか歩み寄って来なかった。

ある日かづは、雪後庵にいて、女中が永山元亀からの電話だと告げるのをきいた。すでに元亀とは絶交したつもりのかづは、こんな電話には出る気がしなかった。しかしそのときかたわらには山崎がいて、出てみたほうがいいだろうとかづの膝《ひざ》を押した。

かづは山崎の指示に逐一従う約束にもかかわらず、この場のこのお節介が気に入らなかった。膝が押されるやいなや、畳の上を一二尺も飛び退《の》いた。ゆったりとした肥《ふと》り肉《じし》の内にひそむ豹《ひょう》のような弾力は、山崎の目を見張らせたが、彼女はそのまま首を頑《かたく》なに、梅雨に濡《ぬ》れた庭のほうへ向けていた。庭はみどりに潤《うる》んでいた。

「何だって怒るんです。私はそうしたほうがいいと思うからすすめただけだ」

かづは黙っていた。元亀の厚ぼったい焦茶《こげちゃ》いろの唇《くちびる》を思い出した。すると元亀は、かづの送って来た半生の泥《どろ》の堆積《たいせき》そのもののように思われた。たっぷりした肉に権力をしみ込ませたあの男は、女にとって思い出したくない記憶のどれもに似ており、しかもその元亀と一度も交渉がなく兄妹扱いをされて来たことが、かつては彼女の汚れた自負心と固く結びついていたのだった。野口がどんなに叱《しか》っても、かづは自分というものを別の処《ところ》に保っていられるのに、元亀がひとたびにやにやすると、底の底まで見透かされたような気がするのである。……かづは結局、この場に及んでの元亀の電話が、一瞬、何だか救いのように感じられたその自分の感じ方がいやなのであった。

かづは立上って、すっとその部屋を出た。電話を自分の部屋に切り換えさせて、受話器を体でおおうようにして、もしもしと言った。秘書の声がやがて元亀自らの声に変った。

「どうしたね。あいかわらずお冠りかね。いくら剣突《けんつく》を喰《く》わされても、わしはお前の永遠の親友のつもりでおるのだよ。それはそうと、お前とうとう店を閉めたそうだね。しかし茶漬《ちゃづけ》ぐらいは喰わしてくれるんだろう？　わしとお前の仲だからな」

「お一人でも例外を作ったら、店を閉めたことになりませんから」

「ほう。料理はやめて、労働者むきの逆さクラゲでもはじめよるのかい」

「えええ、若いピチピチしたお客のほうがよござんすからね」

「おかしいな。旦那《だんな》の年はわしのほうに近い筈《はず》だが」

「もう厭味《いやみ》は結構ですよ。それより御用は何なんですか」

「いや、たまに一緒に昼飯でも喰わんかね」

かづは、現在の自分はそういうことのできる立場にいない、ときっぱりと断わった。すると元亀は、そんならやむをえないから電話で話そうと言い、意外な重大事を淡々と言ってのけた。

「野口さんの石頭にも閉口しているんだよ。人を介して野口さんに、(こりゃあお前もよく承知だろうが)、当選の暁、副知事を保守党から出してくれればその条件でこっちは対立候補を引き下げてもいいと言ってるんだが、(ねえ、願ってもない話じゃないか)、野口さんは例のとおり、頑《がん》としてきかない。これは全くいい話で、この条件を呑《の》みさえすれば、当選疑いなしなんだから、お前からもよくすすめるんだね。……もしこいつを蹴《け》ると、忠告しておくが、雪後庵を売るのも難しくなりそうだよ。わしは全くお前のためを思って言うことだ」

かづはそこまで聞きおわると匆々《そうそう》に電話を切った。来たときとは反対に、廊下をかえる足は荒立っている。その跫音《あしおと》をきいただけで、山崎はかづが怒っているのを知った。

かづは襖《ふすま》をうしろ手に閉めると、立ったまま怒り叫んだ。

「山崎さん、あなたひどいじゃありませんか。主人のところにそんな大事な申入れが来ているのに、私に何も言わないなんて」

怒るとかづの薄い眉《まゆ》は逆立って、口がへの字に結ばれ、少し低目に締めた帯と帯留が、固い板のように威圧的に見える。帯留を粋《いき》に斜めに締めることをせず、田舎風に正面切って締めているので、なおのことそういう感じを与えるのである。

「まあお坐《すわ》んなさい」

と山崎は言った。

横向きに坐って赤ん坊のように頑なに顔をそむけているかづの耳もとで、山崎はじゅんじゅんと説いた。そんなことをかづの耳に入れても迷うばかりで、かづは運動に専念するほうが本筋であること。保守党のそういう甘言を、野口は耳にも入れないし、もし耳に入れるものなら、奥さんよりわれわれが進言したほうが効き目があること。今の電話で山崎が大いに喜んだことは、これこそかづの事前運動が、敵側の脅威になりつつあることを示すもので、敵側は飛田厳《とびたげん》という対立候補を立ててはいるが、これもさんざん困った末の人選で、保守党自らがこの候補に自信を持っていないのを、今の電話が露呈していること。そもそも現都知事がやめそうでなかなかやめないのも、保守党の候補者の人選難から首相の同意が得られないためであること。そこで野口がこんな申入れを政治的に利用しないのは残念だが、奥さんとしては迷わないのが第一、すでに今までの努力は実を結びつつあるのが今はっきりわかったこと。……

山崎はこれだけのことを嚙《か》んで含めるように説いたのである。

かづの顔は急に日の当りだした庭のように輝いた。この急激に移り変る顔は美しいと山崎は思った。それは一つの顔の下から、すでに出来上っている笑顔が俄《にわ》かににじみ出て来るようで、その新らしい笑顔は生れたばかりのように新鮮で、すぐ前までの感情の残滓《ざんし》を少しもとどめていないのである。

「まあ、それじゃ祝杯ね。今夜はあなたと祝杯だわ」

かづは立って仕切りの襖をあけ放ち、隣りの二十畳の広間へ踊り出た。彼方《かなた》には銀の細流《ささながれ》に八ツ橋を架け、光琳《こうりん》を模した燕子花《かきつばた》を描きつらねた立林何帛《たてばやしかげい》の美しい絵襖が立っている。かづはさらに庭に面した広間の障子をあけ放ったので、山崎の目には、この小部屋の濡れた緑のながめにつづく緑の一角が見えた。

閉鎖された雪後庵は、雨にはやい暮色の裡《うち》に、客のさざめいている雪後庵よりも美しさを増した。その広間も仄暗《ほのぐら》く、ひえびえとしているので、調度も絵襖も、却《かえ》ってきらびやかに眺《なが》められた。半ば影絵になったうしろ姿にもかかわらず、ただ一人活力に溢《あふ》れているかづは、この広大ながらんとした屋敷のかつての活力を、今は身一つに蒐《あつ》めてしまったように思われた。

縁先に立って庭を眺めながら、かづは止り木にとまっている鸚鵡《おうむ》のように、白い足袋の爪先《つまさき》だけで、危うく框《かまち》につかまっている。別に意味はないがそうしているのである。

その自分の爪先を見つめる。それは部屋の薄暮と戸外のおぼめく緑との間《あわい》に、白く鮮明に、怜悧《れいり》な小動物のように固く身をちぢめている。足指をひらく。足袋の白は、光った皺《しわ》を見せて隆起する。と、この不安定な姿勢から、爪先だけで支えられている緊張が全身に行き亙《わた》り、何かしら快い危機感が身内に湧《わ》き立つようである。ちょっと緊張が解ければ、体はそのまま、濡れた前栽《せんざい》と敷石の上へ、雨に潤《うる》んだ緑のなかへ、のめり込んで埋《う》もれてしまう。

山崎は広間へやって来て、かづのうしろ姿が妙に不安に前後へ揺れているのを見た。

「どうしたんです。奥さん」

彼はおどろいて立ち寄った。

ふりむいたかづは大声で歯もあらわに笑って、こう言った。

「いやですよ。脳溢血《のういっけつ》になる年じゃありませんよ。ただこうして遊んでいただけ。……さあ呑《の》みに行きましょう」

——かづは山崎を伴って、バアやらキャバレーやらを呑み廻《まわ》ったが、酔いながら山崎はしばしば横目で、かづが例の特大の名刺を、女給やボオイにまでいちいち配るのを、窺《うかが》い見なければならなかった。

野口は二三の秘密のルートを通って働きかけてきた保守党の妥協策を、にべもなくはねつけた。それから数日後、藤川コンツェルンの顧問弁護士が、野口の弁護士に、雪後庵の売買には応じかねると突然申し入れてきた。野口の弁護士が事情をただすと、実は佐伯《さえき》首相から圧力がかかったからだという。佐伯首相がいきなり藤川玄蔵へ電話をかけて、

「今、雪後庵を買うな。大事な選挙を前にして、そんなことをされると、敵に刃《やいば》を与えることになるから」

と言ったというのである。

これをきいた野口は大そう怒った。決して怒らない山崎は、これを、一戦を交える好機だと言い、野口にすすめて、佐伯首相と公然と会見する機会を作った。野口は自

分より年下の佐伯首相を公邸に訪ね、例の勿体《もったい》ぶった話下手な調子で、個人財産の処分にまで口を出す首相の卑劣な遣口《やりくち》を罵《ののし》った。首相はにこにこして下手《したで》に出て、そんなことは全く覚えがないと言いつづけた。

「それにそんな話はあんまりドラマチックに出来すぎていて、私には信じられませんよ。一国の総理が千三屋《せんみつや》みたいな電話をかけられるものか、常識で考えていただきたい。そりゃあ藤川さんがお断わりになるのに、私の名前を使って、尤《もっと》もらしい理由になさっただけじゃありませんかね」

首相が椅子《いす》の起居《たちい》にも、あまり野口を老人扱いにして、手を貸さんばかりにするので、こんな度のすぎた礼儀作法が、古い外交官の矜《ほこ》りに触れた。本当の権謀術数は、絹のような肌《はだ》ざわりを持つべきであるのに、佐伯のそれはたかだか人絹だった。何を小僧めが、と野口は思った。——帰宅した野口の不機嫌《ふきげん》を、何も言わずにかづが慰めた。雪後庵の売却は望みがなくなった。かづはこの幸福を隠すのに骨を折った。感情の上のこの裏切りを、彼女はますます政治的な貞節で補おうと思うのであった。

第十四章　いよいよ選挙

都知事が七月の下旬になって職を辞し、すぐ選挙の告示が行われた。これから八月十日の選挙までの十五日間が、公然と選挙運動のできる期間である。この年の夏は大そう暑かった。かづはそのころ再び奔走して、雪後庵を二番抵当に入れ、三千万円の金を調達した。有楽町のSビルの二階に選挙事務所が借りられた。

告示の日の第一声の演説のために野口が出かけようとするめでたい朝、又《また》してもかづとの間に揉《も》め事があった。かづは以前からこの日のためにジョン・クーパーの極上の夏生地を買い求め、仕立屋に良人《おっと》の寸法をとらせようとして苦心していた。ところが野口はこれをいやがって、すっかり黄色くなった英国仕立の麻服で、街頭演説に臨もうとしていた。

「僕《ぼく》は野口雄賢という人間で選挙をやるのだ。洋服で選挙をやるのじゃない。そんなものは着られない」

こんな子供らしい御託《ごたく》の底には、誰《だれ》の目にも、偏狭な恐怖心のちらついているのが見えた。しかし一体聴衆の誰が、老人の新調の背広を見て、奥さんのお仕着せだなんぞと思うだろう。「あれは奥さんに対する単なる駄々《だだ》ッ児《こ》の意地ですよ。かまわないから、古い背広のとおりの寸法で仕立てておしまいなさい」と山崎も言った。

かづはあんまり神だのみをしない性質《たち》だったが、その日の朝は四時から起きて、仏壇に燈明をあげた。死んだ先妻をも味方に引き入れて、野口を勝たせるために助け合おうと思ったのである。暁闇《ぎょうあん》の庭から蚊が立ち迷って来て、かづの合掌の手のまわりをめぐった。

少しも敬虔《けいけん》な調子ではなく、かづの心は、

『ねえ、女同士で手を握り合って、何としてでもあの人を勝たせましょうね』

と語りかけた。かづが生涯《しょうがい》に一度も知らなかった女同士の美しい友情が、目の前で見る見る実現してゆくような感じがして、かづは少し泣いた。

『いい方《かた》ね。いい方ね。あなたが生きていらしたら、きっといいお友達になれたのに！』

蚊は芳醇《ほうじゅん》なかづの体のそこかしこをよく刺した。この痒《かゆ》さに堪えているのが、野口の勝利をどこかで助けるように思われた。かづは永いこと、そうして死んだ野口定子と語り合っていた。

そのうちに日の出と共に、夏の一日の最初の烈《はげ》しい光りが庭に落ちた。木立の多い庭なので、射し入る日は葉叢《はむら》に劃《かく》されて、庭の中央に切紙細工のようなこみ入った輪郭の日影を印する。庭石が白く映えて来たのにふりむいたかづは、その旭《あさひ》を鶴《つる》が下り立ったように感じ、翼をひろげた鶴のような形だと感じた。いつぞや冗談に、鶴が庭を飛んでいると野口に言ったのは嘘《うそ》ではなかった。これは正《まさ》しく吉兆ながら、叱《しか》られるのを怖《おそ》れて、野口には黙っていようと思った。

やがて野口も目をさまし、いつもにかわらぬ無言の行の朝食をかづと摂《と》った。

「生卵をお呑《の》みになりませんか」

とうとうかづが言った。

「小学校の運動会じゃないよ」

と野口がにべもなく断わった。

野口には無感動ということの大へんな虚栄心があって、これはおそらく英国仕込みだが、イギリス人とちがうところは、それを裏附ける粋《いき》な冷笑やユーモアが全く欠けていることであった。自分が平常心を保っているということを見せつけるために、野口はわざわざ不機嫌《ふきげん》になった。

山崎が来、選対本部の人たちが来た。かづはかねての計画どおり、山崎のいる前で、乱れ箱に入れた新調の夏服と、一輪の白薔薇《しろばら》を持ち出した。

「これは何だ。こんなものは着られない」

野口は乱れ箱に一瞥《いちべつ》を与えると、そう言った。感情的になるまいと思っていながら、かづは自分の志を受けてほしいと泣き出し、野口はますます依怙地《いこじ》になり、山崎が中に立って何かとなだめた。ようよう野口は、しぶしぶながら新調の服に腕をとおしたが、襟《えり》につける花だけは頑《がん》として拒んだ。

出発の時間が来て、人々が玄関へ見送ったとき、かづは野口の白いワイシャツと新らしい背広とに感動して、折れてもいない襟を直しに手を出したとき、まことに敏感な野口は、人々にわからぬように、かづの右の手をしっかりと握った。これは目ざとい人の目にも、つつましい愛情の仕草と見てとれる程度のものだった。野口は低い声で言った。

「つまらんことはやめなさい。みっともない」

かづが右手の掌《てのひら》にしっかりと隠していたものは、つかのまの指の格闘ののち、野口の鋭い骨張った指のために抜き取られていた。それは切火のための石だった。こんな風習を良人《おっと》が嫌《きら》うことを知っていながら、かづはどうしても人前で切火を打って送りたい気持を制しきれず、手に隠して持っていたのを、野口はちゃんと察していたのである。

車に乗ってから、野口は黙って山崎に石を預けた。山崎はおどろいたが、すぐ察した。忙しい一日、こんな預り物のために、山崎はポケットがごろごろするのに閉口した。

野口は都庁へ行って届出をし、わが名を書いた襷《たすき》をもらい、その足で東京駅八重洲《やえす》口の演説会場へ行った。夏の朝九時の日光は、広場に集まっている群集の白シャツを眩《まば》ゆくみせた。頭に扇をかざしている人たちが沢山あった。車から下りた野口を、トラックのまわりに待っていた労組や支持団体の役員たちが鄭重《ていちょう》に迎えた。野口はトラックの後尾へ上り、すこしも愛嬌《あいきょう》のない表情で、

「私が都知事選挙の革新党候補、野口雄賢であります」

と挨拶《あいさつ》をした。それからまことに抑揚のない調子で、彼の理想主義的な政策のかずを列挙するうちに、マイクが突然故障を起した。野口はマイクの故障に気づかずに演説をつづけたが、折しも、むこうの一角で対立候補の飛田厳の演説がはじまり、その性能のいいマイクは朗らかな声を流して、野口側の最前列の聴衆の耳も、野口と革新党を非難する声に占められた。マイクの故障はすぐに直りそうにもなかったので、

一旦《いったん》選対本部へ帰って江東方面へ出直すことに決ったが、これは不吉な辷《すべ》り出しというべきだった。

若い者たちはこの最初の演説にがっかりし、次のような声が本部にいる山崎の耳に届いた。

「じいさん、もうすこし抑揚をつけて喋《しゃべ》ってくれないかなあ」

「競馬競輪即時廃止もいいけれど、のっけからそれを謳《うた》っちゃまずいよ」

――一方、かづの演説は抑揚の権化《ごんげ》ともいうべきで、いたるところで面白《おもしろ》半分の喝《かっ》采《さい》を浴びた。ついには西日のきびしい渋谷の駅前広場で、足もとには氷の砕片でいっぱいのバケツを置かせ、氷をくるんだハンカチで顔を拭《ぬぐ》いながら、かづは三十分の長広舌をふるった。マイクに口をつけすぎて高い声で喋るので、よく聴きとれなかったが、その叩《たた》き売りのような熱情的な調子が聴衆を面白がらせた。かづは例の天皇への建白書の件を持ち出し、次のような論法をもちいた。

「私は野口雄賢の妻として申します。野口雄賢の妻として申しますが、野口は妻の私にさえ、この建白書の件を黙っておりました。それほど自分の功を誇らない人物でございますが、その事実を知ったとき、私は愕然《がくぜん》といたしました。この私を含めまして、失礼ながら皆様が、現在こうして安穏《あんのん》な毎日を送れますのも、実は幾分か野口のおかげなのだ。そう思って愕然としたのでございます。野口は終始一貫平和を祈念いたしまして……」

渋谷の街の若者が、

「のろけるな。のろけるな」

と弥次《やじ》を飛ばすと、かづはいちいち弥次に応酬して、

「ええ、のろけますとも。のろけさせていただきますとも。野口に御投票下さって決して後悔しないということは、この妻の私が保証いたします」

などと言って喝采を博した。演説はいつ尽きるとも知れず、論旨は堂々めぐりで、マイク係りの者がいくら合図をしてもかづは応じないので、若いオルグが思い余ってマイクをかづの前から奪い取った。氷に拭われて化粧も落ちたかづの顔は、北国生れの白い健康な地肌《じはだ》をあらわしていたが、この瞬間、顔全体は紅潮して、今まで山崎を除いては雪後庵の女中だけにとって見馴《みな》れたものになっていたあの烈《はげ》しい憤怒《ふんぬ》の表情を群衆の前であらわした。かづはトラックの床板をおどろに踏み鳴らしてこう叫んだ。

「マイクをとってどうするんです！　あなたは野口を殺す気ですか！」

若いオルグはおどろいてマイクを返し、かづは又十分《ぷん》の余も喋りつづけた。

かづの激昂《げっこう》の瞬間は、群衆にとってこよない見物《みもの》であった。西日にあかあかと照ら

し出され、氷の滴《しずく》にかがやいたその顔が、大ぜいの目の前で変貌《へんぼう》したときに、群衆は一瞬しんとした。彼らは裸体を見たような気がしたのである。

しかしかづの長演説は初日限りオクラになった。閉口した選対本部が山崎を通じてかづに申し入れ、以後、彼女の演説は四百字詰原稿用紙一枚分、時間にして一分に制限された。そしてその恣《ほしいま》まな個人的感情の迸《ほとばし》りも制限された。その迸りの滝つ瀬は、ほうっておけば容易に都政革新も民主主義も洗い流してしまう惧《おそ》れがあった。

草刈委員長も、木村書記長も、黒沢事務局長も、選対本部の、つまり山崎の立てたスケジュールに従って、都内各方面を遊説していた。野口は毎日午前中は要所々々で、午後は特定の会場で、夜は立会演説会や盛り場で、演説につづく演説をして歩いた。ニコヨンの群にも、魚河岸《うおがし》の兄哥《あにい》たちにも呼びかけた。こうして駈《か》けめぐる野口のトラックのうしろを、いつも見えかくれして敵方のスパイの車がつけ、一方、飛田厳のトラックのうしろにも、革新党のスパイの車がつけていた。

かづはかづで、氷の砕片をいっぱい入れたバケツと共に、ひねもす、良人のいないところいないところと狙《ねら》って車を走らせていた。

神楽坂《かぐらざか》の途中で、三日目の午前、かづが応援弁士たちのあとで一分間演説をするために進み出ると、三、四十人の聴衆の中程にいた一人の初老の男の顔が、かづの心を恐怖でいっぱいにした。

夏の陽《ひ》は急坂の道のおもてをしらじらと照らしていた。路上からトラックの弁士を見上げている顔には、勤め人らしい人は少なく、老人や、買物がえりの主婦や、子供や、学生などが主な顔ぶれである。トラックは日かげに寄せて駐車しているが、群衆は日向《ひなた》のほうまで溢《あふ》れて、日よけの手巾《ハンカチ》を顔にかぶっていたりする。革新党はいたるところで、素朴《そぼく》な気持のいい顔立ちの聴衆を持っていた。夏の白い清潔なシャツの反射がますますその感じを深くする。麦藁《むぎわら》帽子の下の笑っている白い歯列や、白粉気《おしろいけ》のない女の学生の生毛《うぶげ》の光る頬《ほお》や、おしなべて戸外の労働が与える健康なよく日に灼《や》けた腕や胸もとが、多くの場合、トラックの下にひしめいている。かづはこういう聴衆が好きである。

しかし中程にいる初老の男は、垢《あか》じみたよれよれの開襟《かいきん》シャツを着て、胸ポケットに万年筆のクリップを二本光らして、その胸もとに両手で古い折鞄《おりかばん》を抱えて、抱えた指に煙草《たばこ》をはさんで、無帽の胡麻塩《ごましお》の五分刈りの頭を日にさらして、はげしい日ざしに顔を笑ったようにしかめている。髪が五分刈に変っていたので、かづはすぐ気づかなかったのである。その顔は人並すぐれて整っているが、老いて、憔悴《しょうすい》して、美男のままに頽《すた》れた顔のいやらしさを持っている。

「私は野口雄賢の妻でございます」

といつものように最初の一句をはじめたとき、かづはその男がこちらを見上げてにやりとしたように感じた。

――かづが一分間の演説を了《お》え、応援の学生が静聴を感謝する挨拶《あいさつ》をし、群衆が散りはじめて、トラックが次の目的地へ向って動きだす態勢になったときに、かづはトラックの側面を下から手を伸ばして叩《たた》いているさっきの男を見た。

「奥さん。奥さん」

と男はニコチンに染った歯を示して、笑いを含みながら呼んでいた。

かづはすぐトラックを下りて男のそばへ近づいた。着物の胸もとに入れている汗取りのタオルの下で、胸が異様な動悸《どうき》をしていた。かづはわざと大声をあげた。

「まあお久しゅう。本当に奇縁ですわね。でもとんだところを見られてしまったわ」

戸塚という相手の名をよく憶《おぼ》えていながら、かづがその名を口に出さなかったのは賢明だった。自分の不安をさとられぬために、彼女は日光の眩《まぶ》しさに耐えられぬかのように目を細めた。坂下の高架線の上を、国電がすぎてゆくのが眺《なが》められた。空のわずかな雲は日に溶けてあいまいな形をしていた。

「何の御用」

　とかづは低声できいた。

「ちょっとお話が」

　と男が言った。

　かづはトラックの上の人たちに、朗らかな声でこう呼びかけた。

「一寸《ちょっと》私知合いに会ったので、話して来ますから、皆さん休んでいらして下さいね」

　かづは戸塚を促すようにして筋向いの氷屋へ入った。入口の青と白との硝子《ガラス》の簾《すだれ》ばかりが鮮やかで、店内は古い椅子《いす》を並べてひどく暗かった。店に入るなり、

「あのトラックの人たちに氷あずきを二〇届けて頂戴《ちょうだい》。すぐですよ」

　と大声で言った。

「ここへは氷あずき二つ。こっちはあとでいいの。できた分から、どんどんトラックへ運んで頂戴」

　二人はカレンダーの下の暗い卓に坐《すわ》った。前の客が溢《こぼ》したままに卓は濡《ぬ》れていた。かづは、ありえないことだが頭上のカレンダーが野口の写真入りのそれのような気がして、そこを見上げた。そこには色刷の映画女優の黄いろい水着と、水玉模様の浮袋が見えるだけであった。

かづは早く不安を解き放ちたいあせりでもう一度訊《き》いた。

「何の用なの」

「まあ急ぎなさんな。それにしても炎天によくやるもんだねえ。演説も相当なもんだ。俺《おれ》は昔から、あんたがきっと偉くなると思っていたよ」

「用なら早く仰言《おっしゃ》いよ、お金？」

三十年ぶりに会う男に、かづはこんないけぞんざいな口をきいた。目だけは怠りなく光って戸塚の一挙一動を見守っていた。店の奥では氷を掻《か》く音がたえまなく軋《きし》っていた。

「いやね。俺はその、このごろ著述なんぞしているもんだから……」

と戸塚はひろげた手の指を、古い折鞄の上に這《は》わせて、あわただしく革のおもてを手さぐりするような手つきで鞄をあけた。鞄には皺《しわ》になった書類がいっぱい詰っていた。戸塚は鞄の中へ顔をつっこんで、不必要に永い時間、そのなかを探した。戸口のタイル張りの床に落ちている日光の反射が届いて、うつむいている戸塚の異様に長い睫《まつげ》が照らされた。若い時、この男は長い睫を自慢にしていた、とかづは思った。それは今灰いろに光って、あいかわらずひどく抒情的《じょじょう》に、皺に包まれた目の上に伏っていた。

「そら、これだ」

と戸塚が卓上へ薄っぺらな小冊子を無造作に取り出した。見ると、

「野口雄賢夫人伝
　巫山漁人著」

と書いてある。

頁《ページ》をめくるかづの手はひどく慄《ふる》えた。各節に煽情《せんじょう》的な見出しがつき、少女時代のかづが上京して数年後、戸塚と同棲《どうせい》している個所では、戸塚自身の名が本名で出て来て、戸塚が純情な色男に、かづが淫佚《いんいつ》きわまる女に描かれている。「色と野心との二筋道では、必ず色を捨てて野心へ赴《おもむ》くというのが、彼女の決ったコースである」などと書いてある。その後の遍歴も、ひとつひとつ閨房《けいぼう》にまで立入って書き、かづをあたかも色を売物にして、多くの男を踏台にして、今日の地位を築いたかのごとく描いている。最後の章の記述をぱらぱらとめくって読んで、かづはこの小冊子の書かれた目的を知った。そこでは野口を神のようなお人好しにしてあり、かづを野口を欺《だま》して都知事夫人の座に納まろうとする悪辣《あくらつ》な女に仕立ててある。

「よくもまあ出鱈目《でたらめ》ばかり」

とかづは涙も出ないで呟《つぶや》いた。

「さあ、出鱈目かどうかは、あんたと俺だけが知ってるわけだ」

又汚れた歯を出して笑う戸塚の言草には、古くさい新派劇のゆすりのような型にはまった感じがあって、これが多少軽んじてよい印象を与えた。そこでかづははじめて男を見る余裕を持った。見据《みす》えられると、戸塚は長い睫を伏せた。この男も恐怖にかられているとかづは思った。

氷が運ばれて来た。

「おあがり」

とかづは高飛車に言った。男は手で氷の山を庇《おお》って、匙《さじ》で押え押え、滾さぬように顔を突っ込んで喰《た》べた。伸びた爪《つめ》には黒い爪垢《あか》が詰っていた。

「いくらで売るつもり」

とかづが突き刺すように訊いた。

「え」

と戸塚は氷から顔をいそいで上げたが、その目は仔犬《こいぬ》のように無邪気に見えた。それから彼は紙片を出して、事々しく計算した。三千部で、一部三百円で、九十万円だが、少し色をつけて百万円欲しいというのである。

「よござんす。明日の朝十時に家へおいでなさい。三千部が一部欠けていても、お金は渡しませんよ。とにかく三千部持って来てくれれば、品物と引き代えに、即金で払いますから」

——明る朝、銀行から金を取り寄せて戸塚を待っていたかづは、約束どおりに金を渡し、うけとった三千部の小冊子は、落着いてから焼却することにして、厳格に荷造りして物置に放り込んだ。この日の午前中、かづは気分が悪いからという口実で演説を休み、山崎にも一切黙っていたのである。

数日後、この怪文書は、こんな約束にもかかわらず、都内の名ある人々のところへ隈《くま》なく無料で頒布《はんぷ》されていた。部数は数十万部にのぼると推定された。山崎が、

「いよいよ無差別爆撃がはじまりましたね」

と言って、かづにこの小冊子を示したとき、表紙を見ただけでかづが顔色を変えたので、前から知っていたことを見破られてしまった。かづは率直に事情を話した。

「勿体《もったい》ない。百万円の金は今貴重ですよ。どうして私に相談してくれなかったんです。どうせこういう奴《やつ》は、金を受け取ったって受け取らなくたって、やるだけのことはやるんです。それにもちろん、これには保守党の黒幕がついていますね」

かづは咄嗟《とっさ》に永山元亀の顔を思い浮べたが、黙っていた。山崎はつづけて言った。

「困ったことに、怪文書は山の手の奥さん連中の手もとに沢山入っている。プチ・ブウルジョアの道徳的偏見にアッピールするように書かれているのは、狙《ねら》いが明らかだ。山の手の票が一寸《ちょっと》心配です。……だが、大局的には、くよくよするほどのことじゃありません」

――この怪文書事件に関する野口の態度はまことに立派だった。野口はもちろん読んでいたが、それには一言も触れなかった。ひどく傷つけられ、溺《おぼ》れかけていたかづは、良人の沈黙の男らしさに、暗い海に黙って泛《うか》んでいる大きな浮標《ブイ》のようなものを感じた。

山崎はもう野口ともかづとも逢《あ》う暇がなかった。永きにわたって山崎が野口に教えて来たことも、丁度演出家の指示を忘れた役者が舞台でトチるように、現場の昂奮《こうふん》のなかでは容易に忘れられた。弥次《やじ》に対して決して怒るなと教えたのに、野口はしばしば冷静を失った。吉祥寺《きちじょうじ》では敵も味方も二十人あまりの弥次隊を繰り出したが、しつこい弥次にとうとう色を作《な》した野口が、「あんた方若いもんにはわからんだろう」とやり返して、「年寄り」と怒鳴られた。野口の側近がひやひやするのは、この革新党の候補が、演説が熱して来ると、困った言いまちがえを平気で犯して、しかも自分は気がつかないことであった。野口は三回も、はっきりと、「そもそも今の帝国憲法は」などと言ったのである。おかしなことに、こうした言いまちがえは殆《ほと》んど聴衆に気づかれないばかりか、無味乾燥としか云《い》いようのないその演説も、年配の謹直な人々のあいだでは評判がよかった。山崎はそういう報告をきき、話下手に対する信頼という日本人の特性がなかなか失われないものだと知った。

選挙区全域にわたって、ほぼ一分《ぷん》に一個の割で大小各種の新事件が起きていた。山崎はそれらの一つ一つに、電話で指令を与えるだけで声が嗄《しゃが》れた。

「杉並のA地区で買収が行われている形跡があります。大分金が流れているようです」

「買収監視班は速やかに証拠をつかんで、警察へしらせなさい」

「文京区一帯で、野口氏のビラが剝《は》がされて、その上から飛田のビラが貼《は》られています」

「よし。その上から又貼れ。ビラはすぐ持って行かせるから」

「三多摩地区でA町からB町まで、一晩のうちに怪ビラが貼られました。約三千枚で、図柄《ずがら》は醜悪な般若《はんにゃ》とおかめですが、野口夫妻を諷《ふう》したものらしいです」

「すぐ警察へ連絡しなさい」

山崎は保守党の警察なんか一向信用していなかったが、革新党の若い連中が、これほど喜々として警察へ日参したことはなかった。違反を知らせに来てくれた人に対して、警察は礼を言う立場にあったので、ここでは革新党が警察のお華客《とくい》になったかのようだった。

日ましに荒れる咽喉《のど》をいたわるため、朝、出かける前と、夜、寝る前とに稀硼酸水《きほうさん》で永い含嗽《うがい》をするのが、このごろの野口の日課になった。夜は入浴をする。按摩《あんま》をとる。按摩もかえってやっと身辺が静かになる。野口はベッドに腰かけて、パジャマの胸にタオルをかけ、かづが銅の建水《けんすい》を捧《ささ》げ持って含嗽を受けた。

これは昼間の喧騒《けんそう》にも似ぬ陰気くさい行事だったが、建水を捧げているときのかづには、今日の一日もやっと終ったという幸福な実感があった。

ベッドに密着した西洋風の蚊帳《かや》をきらって、部屋いちめんに白麻の大きな蚊帳を吊《つ》っているが、その裾《すそ》をそよがす風もない。庭に面した硝子戸《ガラスど》も開け放ってある。枕《まくら》もとのスタンドの明りが、動かない蚊帳の内に瀰漫《びまん》して、白麻の強《こわ》い皺《しわ》を際立《きわだ》たせて、きびしい白の斎殿のなかにいるような心地にさせる。かづは寝間着の膝《ひざ》を畳に支えて、たかだかと建水を捧げている。

野口の永い含嗽の音のあいだに、ときどき庭の梢《こずえ》にもつれる夜の蟬《せみ》の囀《さえず》りをきくことがある。それはつつと夜気を鋭い針で縫うようにきかれるが、短かい末尾は必ずもつれて、夜の静けさの中へ吸われてしまう。このあたりの夜は本当に静かである。遠くで車がとまって、酔った声がきこえることもあるが、それも車の立去る唸《うな》りと共に消えてしまう。

かづはこうしているときの自分の姿勢が好きである。かづの体も良人《おっと》に劣らず疲れているのに、良人のために、斎殿の巫女《みこ》のような姿勢で奉仕していると思うと疲れを忘れる。これこそ公然とできる奉仕と自己犠牲の姿勢であって、良人の含嗽のしぶきが多少顔にかかって来てもかまわない。

かづもずいぶん肩が凝るけれど、良人の前で按摩に揉《も》ませたことはない。声は幸いに声帯が強くて、いくら演説をしてまわっても枯れることがない。

見上げれば、野口はパジャマの右手にコップを保ち、左手をうしろざまに蒲団《ふとん》に突き、大きくのけぞって念入りに含嗽をしている。ときどき首を左右に傾けて、水を満遍なく転がしている。その煤《すす》けたような痩《や》せた咽喉元の皺が、明りに照らし出されている。音は煮え立って激しくなり、又苦しげに休み、何度となく繰り返された。

かづはこのいたいたしさに恍惚《こうこつ》となった。見つめているうちに、老いた良人の無理な不合理な努力に自分も同化してゆくような気持になった。泡立《あわだ》ち粒立って沸騰《ふっとう》している含嗽の音は、これこそ良人が自分の目の前でたしかに生きている証拠のように感じられた。それならかづも亦《また》生きており、こんな生活には退屈も無為もなかった。

やっとその三度目の含嗽が終って、野口は水を含んだ口を、建水のそばへ近づけた。陰惨な音をして水が吐かれ、かづの手の上の銅器は少し重たくなった。野口は溜息《ためいき》をついた。その顔はやや紅潮していた。

そのとき野口は、もう五日目になるこの日課のあいだ、一度も言わなかったことをかづに言った。手にしたコップをさし出してこう言ったのである。

「どうだい。お前も含嗽をしたら」

かづはわが耳を疑った。かづが運動をしていなければ、咽喉を痛めようもなく、従って含嗽の必要もない。良人が含嗽をすすめたのは、只《ただ》のいたわり以上に、かづの毎日の運動を暗黙の裡《うち》に認めたことに他《ほか》ならない。

そう思うと、かづは突然の喜びに胸を搏《う》たれ、少しも笑わない良人の目をじっと見つめて、うやうやしくその手からコップを受取った。……

第一週の新聞やラジオ、テレヴィジョンが告げるところは、野口の優勢に一致していた。しかし第二週に入って山の手方面が崩れはじめた。山の手は本来なら、革新党のホーム・グラウンドだった筈《はず》なのである。怪文書もずいぶん影響していたが、はじめから革新党の作戦は、山の手方面には安心して、手を抜いていた傾きがあった。

かづは不屈な気性から、まだ遅くないと考えた。そして山の手の住宅街のそこかしこにトラックを止めた。金持の住宅街は大方避暑に出かけて閑散としており、革新党の地盤でもなかったので、世田谷や東横線沿線などの勤め人の多い地域を目ざした。

一行は小公園の入口の緑の濃いかげに車を止めた。公園のなかには子供用のプールがあって、こまごまとした水音や喚声が絶えず伝わった。公園の入口と私鉄の踏切とのあいだの空地に、たちまち人が集まってかづの演説を待っていた。しかし下町や農村とちがって、自転車を止めて片足を地面に支えている御用聞き風の若者たちも、どこかその顔立ちに素朴《そぼく》でない嘲笑《ちょうしょう》的な影を帯びていた。のみならず、聴衆はしょっちゅう私語し合い、かづのほうを見ては何か噂《うわさ》をしていた。

演説をはじめようとするとき、かづは思いあぐねて傍《かたわ》らのオルグに言った。

「どうしましょう。みんな私の噂をしているんだわ」

中年のオルグはかづが怪文書の幻におびえていることを知っていたが、何気なく励ましてこう言った。

「なあに、気のせいですよ。ズバズバやってください。第一これだけ集まれば成功ですよ」

かづは進んで、いつものようにマイクの前で頭を下げた。

「私は革新党都知事候補野口雄賢の妻でございます」

そのときたしかに二三の失笑がかづの耳に伝わった。かづは頰《ほお》を固くして夢中で喋《しゃべ》った。一分間の制限を超過しても、今日はオルグは何も言わなかった。しかし喋れば喋るほど、かづの言葉は空《むな》しく砂のように人々の頭上に散った。

こんな印象は半ばかづの恐怖から生れたもので、いかにも熱情に充《み》ちて喋っていながら、かづは心の片方で、群衆の目に映る自分の姿を思い描いていた。それはあの醜い小冊子の描いたままの肖像画で、田舎出の貧しい少女が体を張って成り上ってゆく姿だった。一人の中年男はかづの裾のあたりをじっと見上げているように思われた。

『ふん。社会主義がどうしたというんだ。この女はどんな恥しらずな手で、男をたらしこんで来たというのだろう。この女の体はどんなに燃えても、一瞬も野心を忘れないというのは、きっとどこかが冷えているにちがいない。冷えているのはどこだろうか。冷たいお尻《しり》だろうか』

ようだった。

二三の女学生のグループがかづを見上げている目は、まるで怪物を眺《なが》めているかの

喋りながら、かづの頰は恥かしさに火照《ほて》り、耳はあれこれと幻聴をきいた。閨房《けいぼう》という言葉。秘事という言葉。愛撫《あいぶ》。手練手管。挑発的。淫乱《いんらん》。……これらの、あの冊子に鏤《ちりば》められた腐った宝石が、今や聴衆の口のはたにきらめいて見えた。かづの口から出る「都政革新」だの「積極的な失業対策」だのという言葉は、羽の力を失った羽《は》蟻《あり》の群のように地面に落ち、人々の唇《くちびる》のはじに見えている生肉のような色の言葉が、一せいにその赤い滴《しずく》を日光に反射させていた。杖《つえ》をついた老人の散歩者も、堅気らしくとりすました奥さんも、肩もあらわな海浜着の若い娘も、御用聞きの若者たちも、かづの肉の片々を嚙《か》みしめ、満足したとろんとした目つきでかづを見上げていた。

日陰とはいいながら、ひどく暑かった。例の氷を包んだ手巾《ハンカチ》で顔も拭《ぬぐ》わずに、かづは冷たい汗が全身を濡《ぬ》らすのに委《まか》せて喋りつづけた。人々の目が一枚一枚着物を脱がせ、かづを裸にするのが感じられる。目は衿元《えりもと》に喰《く》い込み、胸に喰い込み、腹にまで及ぶ。見えない爪《つめ》がかづの肌《はだ》の汗にしとどに濡れて、すべてを剝《は》ぎ取ってゆくように思われる。……

いわれのないこの受難が、ひとりトラックの上に立っているかづの心を、やがて殉

教の女のような陶酔に追いやった。目の前の踏切が鈴を鳴らし、黒白の横木がまぶしい青空から下り、何輛《なんりょう》もつづく郊外の私鉄がたゆたう轟《とどろ》きと一緒に横切った。その窓という窓には人間の顔が、じっとこちらを興味を持って眺めている無数の目をつらねていた。

とうとうかづは、火刑に会っている女のように青空へ目を上げた。低い郊外住宅の屋根屋根の上には、重厚な積雲がわだかまり、その雲は光りにあふれて、おごそかに天心へ伸び上っていた。

――演説がおわった。気も失わんばかりのかづを、トラックが次の目的地へ運んだ。

折しも区会議員の選挙がはじまっていた。そこで保守党は、あわせて三千の拡声器を、その一つ一つがたえず東京のどこかの町角で野口攻撃を叫びつづける三千の拡声器を持つことになった。革新党が区議選に出すことのできる候補はせいぜい四百人である。せいぜい四百の拡声器である。

これと共に、保守党側には巨額の金が流れだした。堰《せき》を切ったように流れだしたのである。一方、かづの金は尽きかけていた。この場に及んでは、金策もままにならなかった。八月八日ごろになると、すべてが音を立てて瓦解《がかい》しつつあるのがわかった。

野口の勝を予想する新聞は一つもなくなった。

投票日の前日の八月九日は、梅雨が戻《もど》って来たような陰鬱《いんうつ》な一日で、ひねもす雨が降りつづき大そう蒸した。山崎は最後の手段に、前の晩から職業別電話帳を繰って、五万人の名簿を作り、

「ノグチアヤウシ、コウエンタノム」

という電報を、草刈委員長の名で打つことに決め、九日の朝、全逓《ぜんてい》へ持ち込んだ。全逓のまとまった電報が来ても引受けないでこれに専念してくれと頼んだのである。全逓の委員長は快く応じた。

しかし九日の午後には、早くもこれを嗅《か》ぎつけた保守党が、対抗して電報を打とうとして、中央郵便局に断わられた。飛田派はすぐさま郵政大臣を動かした。事実上の行政命令がこうして下され、その晩のうちに保守党側からも、二倍に当る十万通の電報が打たれてしまった。

午後四時に、野口家に詰めていた山崎のところへ電話がかかった。野口の家には、新聞社やラジオやテレヴィジョンの連中が一杯詰めており、山崎はこれらの人波を押し分けて電話に出た。選挙事務所の声は昂奮《こうふん》していた。

「大変です。今、深川、渋谷、新宿、池袋、杉並、吉祥寺の六ヶ所から、一せいに事

務所へ電話がありました。この六ヶ所で今、ビラが無数にばらまかれています。『野口雄賢、重態』というビラと、『野口雄賢、危篤』というビラ。号外売りが鈴を鳴らして、無料で配り歩いているそうです」

山崎はその場にいる記者たちに、この電話の論外な事件を告げた。記者たちのうしろからこれをきいていたかづは、叫び声をあげて自分の部屋へ駈《か》け込んだ。山崎はいそいでその後を追った。

かづは部屋の中央に倒れて泣いていた。雨のために室内はうす暗く、言いようもない陰惨なけしきである。

山崎はその背を撫《な》でて慰めた。するとかづは体を急に反《そ》らして、涙と怒りとにばらばらになった表情で、山崎の背広の襟元《えりもと》をつかまえてゆすぶった。

「犯人をつかまえて頂戴《ちょうだい》。犯人を今すぐつかまえて頂戴。そんな汚ない！　どたん場になってそんな汚ない手を使うなんて！……これで選挙に負けたら、私は死ぬほかはないんです。持っていたものはみんな失《な》くしてしまった。これで負けたら、……その犯人は私を殺したんです。さあ、早く、すぐ行ってつかまえて来て頂戴。……さあ」

何度も「さあ」を言ううちに、声は徐々に力を失い、かづは床に伏して音を立てなくなった。山崎は心得た女中に介抱を委《まか》せ、ざわめいている廊下をかき分けて、電話のところへ帰った。

——夜の九時ごろにはすべてが静まった。テレヴィジョンやラジオが、明日の予定録音とフィルムを撮った。当選した場合の、新都知事と夫人との感想を、前夜からとっておくのである。

こんな奇怪なままごとじみた録音には、ぞっとするような非現実的な感じがあった。野口は淡々と受けこたえをし、謹直な面白味《おもしろみ》のない調子でこれからの都政の抱負を述べたが、彼の無味乾燥が、これほど所を得て聴かれたことはなかった。

「都知事夫人は？」

とアナウンサーがたずねたとき、まことに折よく、かづが応接間にあらわれた。立派な訪問着に着かえ、うすく白粉《おしろい》を刷き、彼女はにこやかで、落着いていて、要するに申し分がなかった。

報道関係者一同を送り出したのち、かづは山崎の肩からこう言った。それは山崎がかづの口からはじめてきく弱音であった。

「ねえ、山崎さん、私、ここへ来て、何だか負けるような気がする。……こんなことを言っていいかしら？」

山崎は振向いたが、答える言葉がなかった。しかしその答を待たずに、雨の夜のむしあつい暗い廊下で、かづの顔は急に内からの光りに照らされたようにかがやいた。その半ば夢みるような声がこう言った。

「でも大丈夫ね。ね？　きっと勝つわね」

第十五章　その日

前日の雨にひきかえて、八月十日はのこりなく晴れた投票日和《びより》であった。かづは早く起きて応接間の出窓に花を活《い》けた。水を涼しく張った水盤に、大小五輪の睡蓮《すいれん》を、むかし習った安達《あだち》流の盛花に倣《なら》って活けた。それだけで大そう汗をかいた。活けおわって静まった水の浄《きよ》らかさは、かづの心を平《たい》らかにした。この硬い彫刻的な花は、曙《あけぼの》のいろを水に浮べ、つややかな葉の裏の紅《べに》むらさきは、水に映じてそこに美しい影を融《と》かした。自分の活けた花をためつすがめつ見ているうちに、かづはものを占うような心地になった。こういう法《のり》に叶《かな》った花の排列のうちに、おのずから運命の暗示が含まれていはしないかと思ったのである。

かづは今まで財産のすべて、精力のすべてを投じた。人の力の及ぶかぎりの働きをし、どんな屈辱も労苦も耐え忍んだ。かづがよく戦ったことは万人が知っている。生れてこのかた、彼女の熱情的な魂が、これほどまでに持続的に、これほどまでに有効に、使い尽されたことは一度もない。一旦《いったん》心に念じたことは必ず実現するという彼女の理不尽な確信が、これほど来る日も来る日も心の唯一《ゆいいつ》の支えになったことはない。そういう確信は、ふだんはぼんやりと中空に浮んでいた。それがこの数ヶ月は大地にしっかりと引き据《す》えられ、それなしには生きられないようになっていた。

……かづは睡蓮の盛花をつらつら見た。

水は今日各区の投票場へ行こうとしている数知れぬ民衆の象徴のように思われた。花ひらいた睡蓮は野口その人だった。水は花かげ深く涵《ひた》し、剣山の針のひとつひとつに水泡《みなわ》を孕《はら》んでまつわっていた。その水はただ睡蓮の花を志向し、睡蓮の影を映すためにだけ存在するように思われた。

そのとき開け放った出窓に鳥影が射し、窓さきにさしのべられた小枝から、一ひらの病葉《わくらば》が蹴落《けおと》されて、空中を橇《そり》のように滑って、水盤の只中《ただなか》へ落ちた。水はほとんど擾《みだ》されなかったが、ありありと、縮み返った黄褐色《おうかっしょく》の木の葉が、水のおもてに泛《うか》んだ。それは身を丸めている虫のように醜く見えた。

なまじ占おうとしなければ、こんな病葉は気軽に取り除《のぞ》けたろうに、かづはこの一ひらの葉のためにこうまで心が曇らされると、つまらない占いをはじめた気の迷いを大そう悔んだ。

椅子《いす》に身を落し、団扇《うちわ》をおもちゃにして、しばらくそうしていた。目の前にはテレヴィジョンの器械があった。その青ずんだブラウン管は、やがて選挙の進行を逐一告げる筈《はず》であったが、まだうつろに何も映さずに、朝の陽《ひ》を斜めに受けていた。

野口のあとで朝湯に入ると、念入りに化粧をし、以前から誂《あつら》えてあったこの日のための晴着に着かえた。なりふりかまわず、というより時にはわざとなりふりかまわず過してきた運動の月日のあとで、晴着はかづの身を引き締めた。それは銀鼠《ぎんねず》の三本絽《ろ》に鵜飼《うかい》のけしきを染めた着物で、鵜は漆黒に、篝火《かがりび》は深紅《じんこう》に燃えていた。絽つづれの帯は浅黄地に銀糸で下弦の月と薄雲の刺繡《ししゅう》を施し、これにダイヤの帯留を〆《し》めた。

こんな花やかな身なりは野口の機嫌《きげん》をそこねる筈であったが、かづはどうしても気の済むまで身を飾って投票所へ出かけたかった。ともあれ汗と埃《ほこり》にまみれた永い戦いも終ったあと、彼女はまだすべてが未確定な今日のうちに、心に叶った奢《おご》りを尽し、わが身を十分ねぎらっておく必要があった。

野口の身仕度を手つだうために居間へゆくと、そこに立っている野口の姿が、かづの心を喜びでいっぱいにした。彼はすでに着替えており、かづがよくプレスをして調えておいた三着の背広のうち、自ら選んで、告示の日に着初《きぞ》めをした例の新調の一着を着ていたのである。

野口はあいかわらず微笑一つ見せなかったが、この心づくしと、かづの身なりに一言も触れないことが、かづの気持に深く触れた。投票所へ向う車中、黙りこくって並んで坐《すわ》りながら、かづははげしい残暑の午前の日に照らし出される商店街のけしきを眺《なが》めやった。これほどの感動を味わったからには、もう負けてもいいような気がした。

……これはおそらく、このお互いに我の強い夫婦の、もっとも高い度合に心の通い合った瞬間だったが、かづの幸福感は、小学校の投票場で、新聞社やニュース映画のフラッシュを浴びながら、良人《おっと》のあとに従って投票用紙を箱に投ずるまで、一点の曇りもなく保たれた。

開票は翌日になった。各紙の朝刊には、まことに公平に配分された予想が載った。或《あ》る政治評論家は飛田の勝を予想し、もう一人は野口の勝を予想し、もう一人はどちらが勝つとも言わずに、いずれにしても鼻面《はなづら》一つの差で写真判定で決るだろう、と言っていた。その朝から、かづは狂熱的な心境になった。必ず勝つような予感が胸をさわがせ、勝たなかったら世界が崩れるだろうと思った。午前八時から開票がはじまり、十一時に第一回の速報が出た。夫妻は応接間のテレヴィジョンの前にいる。最初に出るのは三多摩地方と都下各区の票である。

かづは動悸《どうき》を抑えられず、口は譫言《うわごと》のようにこう呟《つぶや》いた。

「三多摩だわ。三多摩だわ」

かづの目にあの民謡大会の夜の提灯《ちょうちん》の一つらが浮んだ。提灯がともると共に、周囲に迫って見えた山々の黒。その山腹に谺《こだま》するさかんな拍手。田舎の主婦たちの日に灼《や》けた肌《はだ》や、小さな好奇心に充《み》ちた目や、好意的な金歯の微笑が浮んだ。……両手の爪《つめ》を椅子の肱《ひじ》かけにめり込ませ、緊張のために体のそこかしこが、急に熱したり冷えたりするような気のするままに、とうとう言葉に出さずにはいられなくなって、こう言った。

「三多摩が一等先なんて幸先《さいさき》がよござんすわ。ここは勝つに決っているんですから」

野口は答えなかった。

ブラウン管に速報板があらわれ、それを読み上げるアナウンサーの声がひびいた。

「野口雄賢　二五七八〇二票

を胸の裡《うち》にはめ込んだようになった。

かづの顔から血の気が引いたが、希望を失うまいという狂おしい意志は、硬い鉄板

飛田厳　二七七〇八一票」

——午後の二時に、飛田厳の当選が確実になった。飛田の票は百六十万を超え、二十万ちかく引き離された。大阪でも保守党が勝ち、アナウンサーは「ついに保守勢力が、東西の要衝を保持することに成功した」と告げた。

かづはこの不正な結果に、どうして自分が冷静でいられるのか訝《いぶ》かった。すべては敵の謀略と金の勝利だった。こちらの金が尽きかけた投票数日前の或る日から、保守党の側にはおそろしいほどの金が堰《せき》を切って流れだした。金は狂喜乱舞するように巷々《ちまたちまた》へ流れてゆき、心の卑《いや》しい人たちやひどく貧しい人たちを擒《とりこ》にした。あのとき金はまさしく、雲間を洩《も》れた太陽のように輝いた。兇悪《きょうあく》な、不吉な太陽。それがまたたく間に、毒々しい葉をひろげた植物を繁茂させ、蔓草《つるくさ》はいたるところへ伝わって、気味のわるい触手を都会のそこかしこから、夏の青空へ伸び上らせたのだ。

——かづは、革新党本部へ挨拶《あいさつ》に行こうという良人の言葉を、涙一つこぼさずにきいた。

その日、山崎素一は夫妻といつも行き違って会えなかった。彼が本部へ行ったときは、すでに夫妻が去ったあとであった。

選対本部の後始末に忙しく働きながら、山崎にはこの敗北の、気のとおくなるような実感が徐々にしみ入った。もとより敗戦は思いがけない結果ではなく、少くとも投票日の前日には、彼が自分一人の心の中ではっきり予知していたことである。しかし万一の僥倖《ぎょうこう》ということがある。大都会特有の気まぐれな浮動票が、思わぬ方《かた》へ傾いてくれるということがある。幾度かこんな僥倖をたのむ気持と玄人《くろうと》らしい諦《あきら》めとが戦ったが、今では心を苦々しい索漠《さくばく》とした霧が覆《おお》うてしまった。

この国で革新勢力が味わう幻滅には、しかし山崎は若いころから馴《な》れっこになっていた。いわば彼はいつも幻滅のほうへ賭《か》けたので、これはむかしの若さへ不断に賭けつづけるようなものだった。戦いに於《お》いてまことに老練でまた不屈なこの参謀は、一種被虐《ひぎゃく》的な熱情を持っていた。選挙の不正や金権の勝利は、少しも彼のおどろきの種子《たね》にはならなかった。路上の眺めに石ころや馬糞《ばふん》があるのは自然なことである。

本当のところ山崎は心が冷えていたので、もっとも高貴な材木からもっとも汚れた紙屑《かみくず》まで等しなみに投げ込まれるこの選挙という煖炉《だんろ》を愛していたのだというほうが当っている。彼は政治の周辺にむらがる人間の、利害のからんだ激しい喜怒哀楽が好きだった。否応《いやおう》なしに人間を誇張した激情へ持ってゆくあの不測の勢いが好きだった。どんなからくりをうしろに控えていても、選挙のあの本物の灼熱《しゃくねつ》、あの政治特有の熱さが好きだった。

こういうもので、からっぽな心の倉庫を富まし、同じ立場の大ぜいの人間の昂奮《こうふん》した感情で空虚を充たし、はては自分の感情も同じ色に染められるのを愛していた。だから有体《ありてい》に言うと、敗北がきまって重い霧に包まれた山崎の心のうごきには、どことなくわざとらしいものがあった。この幻滅の享楽家は、敗戦の悲壮な光景と心境も、少し好きだったのである。

夕刻、椎名《しいな》町の野口家へむかうタクシーの中で、山崎はこれから自分が演じなければならぬ人情家の役割のことを考えていた。残されたのはそれきりで、他《ほか》にどうする術《すべ》もなかった。

門を入るときから、山崎は不幸のあった家の賑《にぎ》わいを全身で感じた。新聞社の車が門前に並び、人の出入りがはげしかったが、人が自由な感情の流露を押し隠しているけはいは、弔問客の表情を思わせた。帰るさ門を出て一丁も歩くと、誰《だれ》しも肩の荷を下ろし、蘇《よみがえ》ったような笑い声を立てるだろう。

家の中は廊下まで人が溢《あふ》れていた。山崎は応接間をのぞき、そこで大ぜいの記者に囲まれて奥の椅子に坐っている野口に一寸《ちょっと》目礼をした。廊下には忍び泣きの声が伝わり、それがだんだん高くなった。見ると、応援した婦人団体の代表者たちと一緒に、うなだれた顔をつき合わし、肩を抱き合って、かづが泣いていた。

かづは人に呼ばれるといそいで涙を拭《ぬぐ》って応接間へゆき、出てくると又涙に暮れ、又人に呼ばれた。コンパクトの白粉《おしろい》は、もう顔を直すのに足りなかった。山崎は彼女を擁して野口の書斎へ連れてゆき、「もう奥さんは引込んでいなさい」と言った。かづは絨毯《じゅうたん》の上に崩折れて坐った。片手を床《ゆか》に支え、片手で咽喉《のど》のあたりをゆるゆると撫《な》でた。顔は野口を見上げたまま動かず、涙は瞠《みひら》いたその目から、あたかも花瓶《かびん》の亀《き》裂《れつ》から水の流れるように、無表情に流れつづけた。

夜十時すぎ、報道関係の客がのこらず帰ると、家の中には本物の寂寞《せきばく》が残った。この寂寞にはっきり顔をつき合わせて、はじめて山崎は、彼が野口一家と共に忌《い》み嫌《きら》い怖《おそ》れていたものこそ、この寂寞そのものだとさとるのだった。

蚊遣《かやり》の香が、一そう通夜《つや》の匂《にお》いを立てた。ごく内輪の人たちだけが、野口夫妻をかこんで、言葉寡《すく》なに、簡単な肴《さかな》でビールを呑《の》んだ。一人一人が目立たぬように辞去した。最後に残った山崎が帰ろうとすると引止められた。時間は十一時をまわっていた。

夫妻は山崎を伴って、かづの居間の八畳に籠《こも》った。野口は、かづにともなく、山崎にともなく、こう言った。

「御苦労でした。……さ、和服に着かえよう」

野口が習慣的に手を叩《たた》きかけると、かづが制して、乱れ箱からすでに用意していた着物を出して、手ずから着換えさせた。

野口は妻の手から兵児帯《へこおび》をうけとりながら、こう言った。

「お前も大変だったなあ。楽にしろよ」

そのうしろ姿のまま、野口は泣いていて、これは山崎がはじめて見た彼の涙だった。

山崎も畳に両手をついて深いお辞儀をした。

「至らないで申訳ありませんでした」

野口の涙を見ると、かづはもう声を忍ばせないで泣き伏した。

この場に夫妻がわざわざ山崎を呼んだ心事は明らかではない。夫婦がお互いに真情を吐露するこんな場面に、他人の証言が必要であったとは思えない。それは多分単純に、夫妻がどちらも山崎を、内輪の中でも内輪の人間と考えていたからであろう。そうして、彼の今までの労苦に何程か報い、彼に対する信頼の大きさを見せようにも、すでに公的な場所を失った夫妻にとっては、こんな最も私的な場所しかなかったためでもあろう。又あるいは、山崎に対する夫婦の信頼と期待の重みが、丁度平衡を得た秤《はかり》のようになっていて、二人とも言わず語らずのうちに彼をたよりにし、夫婦だけで直面しなければならぬあの怖ろしい寂寞を、幾分でも救ってもらえると考えたのかもしれない。

それから和服に寛《くつ》ろいで野口が妻に言った言葉は、いかにも東洋風な芝居気に溢れていた。野口という人ほど芝居気から遠い人はなく、とりわけ公《おおやけ》の生活ではそうだったが、こういうドメスティックな真情を吐露する段になると、彼の心には蒼古《そうこ》な英雄的感慨が顔を出すらしかった。これこそは真心であり、裸の本音だと思っているとき、彼は却《かえ》って古い支那《しな》流の詩魂にとらわれていた。山崎はかたわらで、彼の次のような言葉をきいているとき、陶淵明《とうえんめい》の「帰去来辞」だの、白楽天の「四十五」の、

「或《ある》いは擬す盧山《ろざん》の下《もと》

来春草堂を結ばんことを」

という詩句だのを思い浮べずにはいられなかった。

しかし野口の言葉は、事実もっと平俗なものであった。彼は固苦しい訥々《とつとつ》たる調子で、かづの頰《ほお》のあたりを見ながら、こう言った。

「これでもう僕《ぼく》は政治はやらんよ。一生二度と政治はやらん。いろんな理想もあったが、それも勝った上でのことだ。お前にも苦労をかけた。実に苦労をかけたが、これからは世間の片隅《かたすみ》に、恩給だけで小さく暮して行こう。じじばばで暮して行こうや」

かづは打ち伏したまま、さらに頭を深く下げて、尋常に、

「はい」

と答えた。

その姿の凝然とした感じに、山崎は何か異様なものを感じた。かづの激しい感動には、いつも必ず不気味なものがあった。ひとつところで止《とど》まることを知らないこの活力は、それからそれへとつながっていて、悲嘆は思いがけない歓喜の発条《バネ》になり、又その歓喜が絶望の予兆になった。うずくまったかづの姿はたしかに悲嘆を湛《たた》え、その歔欷《きょき》している帯のお太鼓はやさしい桔梗《ききょう》の縫取を見せていたが、素直にうなずいている筈《はず》のかづの体から、むりに押しひしがれた暗い熱気のようなものが感じられた。

山崎が辞去しようとすると、野口は丁寧に礼を述べ、疲れているからここで失礼すると言った。かづが涙を拭いながら送って出た。

廊下を曲る。玄関が向うに見える。かづは山崎の背広の袖《そで》を引いて立止らせた。廊下の暗い燈下で、今までしおたれていた目がいきいきと輝いている。もう顔の崩れに

頓着《とんじゃく》せず大まかに涙を拭ったあとが、目の下や鼻下に垂れた明りの影と、白粉の流れ落ちた筋とがまざり合って、顔にふしぎな隈取《くまどり》を与えている。表情は動かないのに、少しあいた口もとに光る歯や、目の光りのために、顔が獲物《えもの》を狙《ねら》っている猫《ねこ》族のように見える。そしてひどく低めている声が、威圧的にひびいた。

「畜生、佐伯首相や永山元亀のお金とデマに負けたんだわ。それにあの卑劣な飛田！　殺してやりたい。みんな殺してやりたい！　ねえ、山崎さん、何とか今から飛田を引きずり落す方法はないの？　いい材料はないの？　違反なら山ほどあるでしょう。何とか飛田をやっつける方法はない？　あなたならできる筈ですよ。……それがあなたの義務ですわ」

第十六章　洋蘭《ようらん》・オレンジ・寝台《ねだい》

無口な人ほどその傾向があるが、野口も一旦《いったん》口に出した言葉は大いに重んじる性格だった。それが自分だけの約束事なら格別、人に命じた言葉の実現も疑わなかった。

こうあれかしと思って彼が言うことは、当然そうなっている筈《はず》だった。だから敗戦の夜、今後は恩給だけのつましい「じじばば」の生活をしよう、と一旦言い渡したからには、かづも全くそのつもりになっているものと野口は思っていた。

かづはあのときたしかに「はい」と言ったが、敗戦の後始末やお礼回りに明る日から忙しく暮すうちに、「はい」という一語のうちにこもっている言おうようない重さと暗さに気づいた。これは一緒の墓に入ることとの同意のしるしであり、もとよりそれはかづの望んだところだった。しかしその言葉は、まっすぐに墓へ通ずる苔蒸《こけむ》した小《こ》径《みち》への同意に他《ほか》ならなかった。

まだ気のまぎれることはいろいろあった。参議院選挙がはじまり、野口もかづも応援演説をたのまれた。人に力を貸してやるたのしみには、鷹揚《おうよう》な明るい感じがあって、野口の演説には諧謔《かいぎゃく》が、かづの演説にはゆとりが生じ、二人とも自分のためにするよりも出来がよかった。自分の選挙運動のあいだにはたえてなかったことだが、夕食の折にその日の聴衆の反応を夫婦で自慢し合ったりしたのである。

物質的にも社会的にも失うべきものを失い尽したので、そこに却《かえ》って静かな浄福を発見したというのが、このごろの野口の好んでとる考え方だった。これはあんまり単純な詩的心境で、野口の年齢なら自然でも、かづの年ではあまり自然ではなかった。

のみならず野口はときどきこの心境を誇張した。ある日、革新党本部へ出かけたかえりに、デンドロビウムの一鉢《ひとはち》を買ってきた。

出迎えたかづはこう言った。

「まあまあ、御自分で植木鉢をお持ちになるなんて。花屋が届けなければ、一寸《ちょっと》電話を下されば、女中をとりにやりますのに」

ろくろく花の種類も見きわめずに言われたこの言葉には、親切よりも不平の調子がありありと現われたので、野口は俄《にわ》かに気むずかしくなった。鉢を受けとってからはじめてかづは気がついた。それは二人がかつて精養軒で中食《ちゅうじき》をしたとき、野口が説明した花だったのである。

しかしこの発見はかづにやや煩《わずら》わしい感じを与えた。投票当日にかづの作った背広を着てみせた心遣《こころや》りは、深くかづを感動させたが、今度の蘭の花は二度目の感動とまではならなかった。ここには枯れた老人の手が、かづを引き込もうとしている詐術のようなものがあり、紅《べに》を刷いた洋蘭の花の、記憶のなかの色褪《いろあ》せた捺《お》し花を、目前の瑞々《みずみず》しい同じ花に強引に結びつけようとする手つきのようなものが感じられたからである。こんな独りよがりの老人の媚態《びたい》は、やすやすと回想を未来に結び、凋《しぼ》んだ記憶の中の洋蘭と活《い》きた洋蘭とを同列に置き、こうして丹念に編んだ陰惨な花環《はなわ》の裡《うち》に、かづを閉じこめてしまおうとしているように思われた。

警戒心を起しながらも、しかしかづは数時間しらん顔をしていて、寝室へ入ってからこう言うのを忘れなかった。

「あの花、何て申しましたっけ？　精養軒で名前を教えて下さったわね」

寝つく前の一トしきりの咳《せき》がやむと、野口は麻の夏蒲団《なつぶとん》の中で寝返りを打つ乾いた大仰な音を立てて、かづへ背を向けた白髪の頭が、面倒臭そうにこう言った。

「デンドロビウム」


九月になった。

選挙のあとはじめてかづは山崎を外へ呼び出した。銀座八丁目の千疋屋《せんびきや》のフルーツ・パーラーで待合せたのである。

鮫小紋《さめこもん》の平絽《ひらろ》を着て、かづは久々に銀座の雑沓《ざっとう》を一人で縫い歩いた。避暑地からかえったばかりの日に灼《や》けた若い人たちが、群をなして歩いていた。かづは以前ホールの五階の窓から、銀座の住人たちを眺《なが》め下ろして、故《ゆえ》しれぬ勢《きお》い立った心地になったことを思い出した。しかし今や群衆はただの群衆で、かづとの間には何の関《かか》わりもなかった。あれだけ数を重ねた遊説にもかかわらず、誰《だれ》も彼女の顔を知る者はなかった。

『この人たちは人が選挙に汗水垂らしているあいだ、避暑へ行っていた連中だもの』

そう思うけれども、自分と群衆とのあいだの隔絶感と、すべてが徒労だったという感じとは拭《ぬぐ》うことができない。まだ暑い日ざしのなかを、派手な身なりの人たちは、おのがじし、思う方向へ足を運んでいる。この群衆は全然相互の繋《つなが》りを欠いていた。

かづはやっと目ざす店先へ来て、観葉植物のつややかな葉や熱帯のめずらしい果物の陳列を見た。すると白いスーツに白い帽子をかぶった中年の婦人がこちらを見ている。かづもその顔をしげしげと見た。描いた細い眉《まゆ》に見おぼえがある。それは環《たまき》夫人だった。

久闊《きゅうかつ》の挨拶《あいさつ》ののちに、夫人はすぐこう言った。

「その節はいろいろ御迷惑をおかけいたしまして」

これが根深い怨《うら》みの表示のようにかづには聴かれた。二人はサンキストのオレンジの棚《たな》の前におり、未亡人は喋《しゃべ》りながら、英語の細字を刷った茜《あかね》いろの包み紙をいちいちひろげてみて、買うべき果物の肌《はだ》を検《あらた》めた。

「夏はどこかへいらしたの？」

「いいえ」

とかづは少し憤然として答えた。

「私、おととい軽井沢から帰ったのですけれど、東京はまだ暑くて」

「本当にまだ残暑でございますね」

このときになって環夫人は、やっとかづの憤然とした返事の意味に気がついたらしかった。

「ああ、選挙のときは私東京におりましたのよ。勿論《もちろん》野口さんに投票しましたけれど、残念でしたわ。自分のことのように残念でした」

「それはどうもありがとうございます」

かづはこの明らかな嘘《うそ》にお礼を言った。

環夫人はようやく三つのオレンジを選び出した。

「当節はこんなものまでお高くってね。アメリカなら屑《くず》みたいなものなんですのに」

夫人はそう言いながら、健気《けなげ》な裏返しの虚栄心を働かせて、わざとかづの目の前で女店員にたった三箇のオレンジを包ませた。かづは早く山崎が来ないかと思って、がらんとしたパーラーの中を窺《うかが》った。からの幾多のテーブルの上に扇風器がまわっているきりだった。

「主人はオレンジが好きでしたの。ときどき仏壇に上げるんですのよ、こうして。……それはそうと、主人は自分ではそれと知らずに、野口さんとあなたの結びの神になっていたわけですわね」

「私もオレンジをお供物にさし上げなくちゃ」

「そんな意味で申上げたんじゃないことよ」

このときかづがどうしてこんな失礼な振舞に出たのかは自分でもわからない。ともかくかづは、今まであおいでいた白檀《びゃくだん》の扇で、咄嗟《とっさ》に女店員を招き寄せて、二ダース入りのオレンジの進物用の箱を作るように命じた。環夫人は少し顔色を変え、ひきつったような目つきで、畳んだレエスの手巾《ハンカチ》で頬《ほお》の汗を押えながら、じっとかづの顔を睨《にら》んでいた。

店員が大ぶりの箱の中に二ダースのオレンジを並べ、美しい包装紙や桃いろのリボンで箱を飾り立てているあいだ、二人の女の間には沈黙があった。かづは扇をゆるやかに扱いながら、白檀の香りを圧する果物の豊かな匂《にお》いを嗅《か》ぎ、この沈黙の爽《さわ》やかさを思うさま味わった。かづは目の前の女がしんから嫌《きら》いだった。むしょうに嫌いだった。そこでこうした沈黙のたのしさは、近来にない憂《う》さ晴らしになった。

環夫人は追いつめられた密偵《みってい》のように見えた。夫人の計算がかづにはありありとわかり、それが又《また》かづを娯《たの》しませた。夫人は、進物箱が出来上って来た場合、かづがもしそれをよそへの贈物にするつもりだったら、自分の思い過ごしのために恥をかくし、又環大使の仏前へさし出すつもりだったら、もっと大きな恥をかかねばならない、と計算していた。そこで店員の凝りすぎたリボンの結び方を、落着いて正視していることができなかった。

とうとう未亡人とかづの目がぴったり合った。成上り者、と夫人の目が言っていた。嘘つき女、とかづの目が言っていた。この人は家へかえって三箇の舶来のオレンジを、大事そうにぱくつくにちがいない。……

「じゃ失礼いたしますわ。お目にかかれて本当にうれしかったわ。これからはお暇もございましょうから、御主人とお揃《そろ》いでお遊びにおいでになってね」

「じゃあ又。あれはお荷物になりますから、お届けするようにいたしますから、どうぞ御仏前に」

とかづは扇子で、今し包装の仕上ったオレンジの箱を指さした。

「まあ、何ですの、あなた、いやだわ、まあ……」

環夫人は不分明な呟《つぶや》きを撒《ま》き散らしながら、小さな紙包みを抱えて、午後の日のまばゆい街路へ逃げ去った。そのうしろ姿の白い靴《くつ》の踵《かかと》の尖《とが》りが、かづの目に残って、ますます愉快な気持にさせた。逃げてゆく白狐《しろぎつね》のようだと思った。

入れかわりに山崎が、まだ選挙の折のせかせかした身振を身に留めて、店内へ入って来た。

「遅いのね」

とかづは、奥のパーラーのほうへ歩きながら、しんから愉《たの》しげな声音で言った。

椅子《いす》に落着いて、冷たい飲物を注文する。女店員がオレンジの届け先をききに来る。かづは環の名を言って、電話帳を持って来させて住所を探し当てた。

「もう派手なお附合は御法度《ごはっと》の筈《はず》ですがね」

と山崎がわきから言った。

「そう言わないで頂戴《ちょうだい》。これも気晴らしですよ。あんまり『お願いいたします』ばかり叫びすぎたから」

山崎はその意味がつかめないので、あいまいな表情を、お絞りのタオルで覆《おお》った。

「雪後庵《せつごあん》のほうはどうなってるの？」

とかづがさりげない調子できいた。

「それがねえ」

「やっぱり分割？」

「やむをえないでしょうねえ。四、五千万からちがうんですから。……ずいぶんほうぼうの不動産業者に相談しましたが、結論はおんなじですよ。あのままで売れば一億がせいぜいで、それもおいそれと買手がつきませんよ。あの庭とあのおごそかな建築じゃあね」

「動産を入れての話？」

「もちろんそうです。しかし、百坪、二百坪に分けて売れば、場所は便利なところだし、一億四、五千万は固いというんですがね」

「あなたの結論はやっぱり分譲なんですね」

「残念ですが、他に方法がありませんもの」

「残念とも何とも言いようがありませんわね」

「国宝級の庭と建築ですからね。しかし」と山崎は少しかづの顔を窺うようにして言った。「そうかって、再開もできますまい」

「そりゃあ無理ですよ。建物と土地が、三番抵当まで入って八千五百万、動産一切の抵当が七百万、……これじゃあ、ちょっとやそっと店がはやっても、返せる金額じゃありませんしね。閉鎖してからまだ四月《よつき》あまりだけれど、このごろの世の中は忘れっぽいんだし、その上、あなたには話さなかったけれど、私の留守の間に、三百万円ばかり店のお金を使い込まれたんですよ。泣きっ面《つら》に蜂《はち》とはこのことだわね。……いずれにしろ、再開は不可能ですわ。雪後庵を売ることは、野口ともはっきり約束した上ですし、こうしてあなたにも、私からもお願いしていることなんですから」

これはまことに立派な口上で、山崎としても弁駁《べんばく》のしようがなかった。

「今日は何の御用なんです」

一気に冷たい葡萄汁《ぶどうじる》を呑《の》み干してしまった山崎がきいた。

「何ということはないの。その分譲の件も伺ってみたかったし、ちょっと気晴らしに、一緒に映画でも附合っていただこうと思って」

「先生はお留守番ですか」

「いいえ。今日は何だか高等学校のクラス会か何かに出かけましたわ。行かないでいると、落選が恥しくて来ないのだろうと思われるのがいやで。……私は又私で、昔のお友だちの地唄舞《じうたまい》の会だと言って、外出許可をいただいたの。そりゃあ用心に、楽屋へちゃんとお通し物は届けさせてありますけど」

「それがさっきのオレンジですか」

「ええそう」

「奥さんも抜け目がないな」

二人は顔を見合わせて笑った。それから、事務的な話に戻《もど》って、先月来野口が心を砕いている後始末の話になった。野口は家屋敷に動産一切を売り払って借金を払い、小さな借家へ移ることに決め、すでに小金井の草深いところに家も決っていたが、野口家の家財はなかなか莫迦《ばか》にならず、家屋敷を合わせて千五、六百万には売れる筈であった。そして家財の競売の場所には、閉鎖中の雪後庵が使われることになり、稀覯《きこう》の洋書や書画骨董《こっとう》の類《たぐい》が、すでに雪後庵へ運び込まれていた。

「売立てはあさってですね」

「ええ。雨にならなければよござんすがね」

「なぜ？」

「だって、庭も使わなければなりますまい？　山崎さんだって御存知でしょう」

二人は夕刊をとりよせて、見るべき映画を何やかと選んだ。気晴らしのために見るのだから、何でも面白可笑《おもしろおか》しいものでなければならない。そうかと云《い》って、かづは喜劇が嫌いだった。

二人の前に展《ひろ》げられた夕刊の上へ、かづが頬《ほお》と頬とが触れんばかりに顔をさし入れて、指環《ゆびわ》をはめた指は白くこまやかに活字を辿《たど》って動きまわるのを、山崎は重苦しい気持で眺《なが》めながら、一体自分はこの女の何だろうと自問した。かづは愛さない男の前でだけ、自然な情人、気楽なくつろいだ色女になり、素朴《そぼく》で、わがままで、野の香りをさえ立てるのだが、一旦《いったん》愛する男の前へ出ると、彼女からは「自然さ」が消えた。確実に山崎は、野口の全く知らないかづを見ていた。しかし山崎には、別にそれを有《あり》難《がた》い特権と感じる理由は一つもない。

……とこうするうちに、二人は映画館選びにすっかり疲れてしまった。

「もう映画へ行く気はなくなったわ」

「むりに行くことはないです。大体今の状態で、むりに気晴らしを求めたって無駄《むだ》ですよ。今はまだしも忙しさに紛れているからいいが、そのうちにどうしようもない空虚が来ます。指一本動かすのもいやになる空虚が」

とこの選挙の専門家は言った。

翌々日の朝から、雪後庵で、野口家の家財の売立てがあった。野口は何もかも、洗いざらい売りに出したのである。

大きな家具は、庭の芝生に敷いた毛氈《もうせん》の上に並べられた。この日はひときわ日ざしの烈《はげ》しい、夏が又戻って来たような一日だった。芝生の上の一対《つい》のベッドが人目を惹《ひ》いた。それはつい先夜まで野口夫妻の寝ていたトゥイン・ベッドで、緞子《どんす》のベッド・カヴァーに覆われてはいるが、客の目に奇妙になまなましい無残な感じを与えた。

一対の寝台《ねだい》は、ほかの家具から離れて、芝生の中央のあたりに置かれていた。初秋のきびしい日に照りつけられて、青磁いろの緞子の光沢はいやらしいほどに強《きつ》かった。高い松や栗《くり》や榎《えのき》の木立のあいだから青空がのぞかれ、荒れた芝生が草いきれを放つほどに伸びた庭のまんなかに、寝台はしかし、ばかに所を得て眺められた。

「ありゃあ便利だ。あれはふだんからあすこへ置いといたほうがいい」

と無作法な客が言った。

夕景になると木々の枝影が寝台に落ち、蜩《ひぐらし》の声がこれを包んだ。

第十七章　夕雲の墓

山崎の言った、そのうち指一本動かすのもいやになるような空虚が来るという言葉ほど、かづの心を脅《おび》やかしたものはなかった。それがいつ来るのか。十日先に来るのか。明日《あす》にも来るのか。いや、もうすでにそれは来ていて、ただ気附かないだけかもしれない。

そう思うと、かづは言うに言われぬ焦躁《しょうそう》を感じる。そんな空虚に耐えられる自信はないし、今まで自分の半生にも何度か空虚を味わって来たが、今度のはそれとは比較にならない巨大な空虚だろうという予感がある。

かづはこの怪物の相貌《そうぼう》をいろいろと思い描いてみたが、まだ見ぬものに空想は及ばなかった。どんな怖《おそ》ろしい顔つきでも、顔があればまだしもだが、その怪物には顔がないのかもしれなかった。

選挙の経験が、自分の本当の性格に対して、かづの目をひらかせたのである。今まで漠然《ばくぜん》と信じていた自分というものが解体して、この部分は強くこの部分は弱く、或《あ》るものに対してどれだけの耐性があり、或る方向へどれだけ傾くかというような、種々の細かい特質が明らかになった。そうして分ったのは、かづがもう決してどんな空虚にも耐えられないということである。空虚に比べたら、充実した悲惨な境涯《きょうがい》のほうがいい。真空に比べたら、身を引き裂く北風のほうがずっといい。

こういう焦躁のあいだに、いつもかづの頭に閃《ひらめ》くのは、雪後庵の再開という金文字だった。それが絶望的であり不可能であることは動かしようがない。かづはそれをよく知っている。よく知っているけれど、曇り空の一角に白金のように輝いている小さい太陽へ、たえずかづの目は惹《ひ》きつけられる。不可能ということがその輝きの素《もと》なのである。それは輝いている。美しく天空に懸っている。何度目を外《そ》らしてもその輝きへ目が行くのも、それが不可能だからなのだ。そしてちらとそこへ目が行ったが最後、他所《よそ》はすべて闇《やみ》としか思われなくなってしまう。

……何日ものあいだかづの心は、来るべき空虚とこの不可能な再開とを天秤《てんびん》にかけていた。決断の速いことを以《もっ》て鳴る彼女が、二つの至極あいまいな、形を成さぬものの間に迷うていた。こんなときありがたい神籤《おみくじ》なんか引いても何になろう。

過去数ヶ月の選挙のことをつらつら思い返してみても、保守党は政見で勝ったのではない。論理で勝ったのではない。心情で勝ったのではない。人物で勝ったのではない。野口はたしかに立派な人物で、論理は強力であり、心情は高潔だった。保守党はただ金で勝ったのである。

これはいかにもお粗末な教訓というべきで、こんなことを教わるためにかづは選挙に精を出したのではなかった。金が何物より強力だという信仰は、かづにとって別段目新らしい信仰でもなかった。しかしかづは少くとも心情をこめ祈りをこめて金を使ったが、敵の金は機械のように押し寄せて来たのである。そこでかづが追いやられる結論は、金が不足だったという嘆きよりも、自分の心情も野口の論理も無効に終ったという嘆きである。あの精魂こめた運動のあいだに、かづが一旦《いったん》は信じた人間の涙や、微笑や、好意的な笑いや、汗や、肌《はだ》の暖かみや、……そういうものもすべて無効に終ったという嘆きである。

これはかづにはほとんど肉体的打撃で、自分の涙や微笑の魅力も信じられなくなることであった。むかしかづの育った社会の常識では、媚態《びたい》は強力な武器であって、それが権力や金をも打ち負かすことができる筈《はず》だったが、選挙を通ってきたかづには、こんな考えは遠い神話同様に思われた。選挙の、身も蓋《ふた》もない講評はこうだった。つまり「女」が「金」に負けたのである。それは貧しい恋人を捨てて、惚《ほ》れてもいない富豪に身を委《まか》す女の、あの明白な肉体的勝利とは反対のものだった。

そして、このことからの当然の類推として、かづの目に映った野口の敗北も同様のものだった。それは野口の「男」が「金」に敗れたのである。

論理も心情も肉体的魅力も、すべてが無力だということを、こうも無遠慮に証明してくれた力に、かづは嫌悪《けんお》と憤《いきどお》りを感じたが、こんな出口のない心理状態が、雪後庵の再開の不可能と、わかちがたく結びついているのにもやがて気がついた。選挙の末期まで、彼女には不可能を可能にしてくれるような、奇蹟《きせき》の力を期待する心が活《い》きていた。今それは死んでしまった。選挙末期のこの奇蹟の期待は、たしかに政治そのものに対する期待だったと云《い》えようが、政治はその期待にこたえず、かづは又、政治に対する神秘的な期待を完全に失った。

しかしそれだけでかづが政治に絶望したのだとすれば、かづも亦《また》野口と同じように、論理と心情と人間的魅力だけを、政治のすべてだと考えていたことになる。なぜなら無効が露呈されたのはこの三つだけだからだ。飜《ひるがえ》って、あのとき、ほとんど絶望的な情報に囲まれながら、なおかづに奇蹟を期待する勇気を与えたものが政治だったとすれば、結果の如何《いかん》にかかわらず、政治はなお絶望に値いしないであろう。……

こんな風に考えて来て、政治の意味はかづの中で突然変貌《へんぼう》した。

いかにも自分の努力は虚《むな》しかったが、無効と決ったものはかなぐり捨て、奇蹟の期待だけにすがりつけば、あるいは不可能は可能になり、政治は再び彼女の力になるかもしれないのである。理想のちらつかせる奇蹟への期待も、現実主義の惹起《じゃっき》する奇蹟への努力も、政治の名に於《おい》て同一なのかもしれない。

雪後庵の再建は不可能ではないかもしれない。

とこうするうちに、すばらしい政治的発見がかづの心に生れた。

『保守党はお金で勝ったんだわ。そのおかげで私は雪後庵を失う羽目になったんだから、当然その保守党のお金が、私に償いをすべきなんだ』

この発見はまことにすばらしかった。

かづは良人《おっと》の留守を見計らって、鎌倉の沢村尹《いん》のところへ電話をかけた。沢村は何度も総理をつとめた、日本の保守勢力の記念碑的人物である。沢村の内妻を、かづは昔の因縁《いんねん》で知っている。

電話をかけながら、さすがにかづの胸は動悸《どうき》を打った。自分ではそれと知らずに、かづはこのとき政治の本質にはじめて近づいていた。すなわち、裏切りに。

沢村家は代々弁財天を信仰していたので、この嫉妬《しっと》深い処女神に遠慮して、尹も終生娶《めと》らなかった。柳橋のうめ女を内妻にし、世間的にはあくまで家婢《かひ》の体裁にしておいた。うめ女も一生表に立たず、来客の前では一言も口をきかなかった。そしていまだに実際の良人のことを「御前《ごぜん》」と呼んでいた。

かづの面会の申入れに対して、うめ女は淡々とこう言った。

「御前は喜んでお会いになると思いますけれど、今御都合を伺って来ますわ」

その結果、面会の時刻は、九月十五日の午前十一時と指定された。これは動かすべからざるものだった。

――その明る日、小金井の借家への野口の引越が九月十五日と決められたのを知って、かづはあまりの間《ま》の悪さにおどろいた。しかしその日を外したら、沢村尹は二度と逢《あ》ってはくれないだろう。

かづはどうして引越の当日に脱け出すことができるかと思い悩んだ。主婦が引越に立会わねばならないことはわかっている。しかし引越の日取は野口一人が決めたもので、野口は通例こんなことを妻に相談して決めるたちではない。もう引越の日をかづの力で動かすことはできないのである。

再びかづに、あのやみくもな決断の力が蘇《よみがえ》った。引越の前日、後始末を口実に雪後庵へかえり、近所のかかりつけの医者を呼び、ひどい頭痛を訴えて、医者の口から野口の家へ電話をかけさせ、今夜はこちらへ泊ったほうがいいと言わせた。あくる朝早く、又医者が呼ばれた。そしてもう一度、「今日の引越を手つだうのはとても無理だから、夕方まで静養させる」という電話をかけさせられた。

医者を匆々《そうそう》に追いかえすと、かづは腹心の女中を除いて、小女二人を引越の手つだいに出した。かづは病床から非常な勢いで起き上った。腹心の女中が心得て衣裳《いしょう》を揃《そろ》えた。着物は鶉縮緬《うずらちりめん》の単《ひと》えで、女郎花《おみなえし》を裾《すそ》にあしらったセピアの濃淡、帯は白地に緑青と銀で刺繍《ししゅう》をした虫づくしである。かづは初秋の朝日がまともにさし入る鏡台の前に、双肌《もろはだ》脱ぎになって化粧をはじめた。腹心の女中は息を詰めて傍《かたわ》らに控え、かづが口を利《き》くまでもなく、かづの目がちらと鏡の中で動くたびに、必要なものを手助けする。女中は今朝の女主人の大仕事が、自分たちの将来を決定することを知っていたのである。

夏のあいだのあれほどの労苦にもかかわらず、かづの豊かな肩や胸もとはすこしも衰えていなかった。ただ雪白の肌《はだ》から、凋《しぼ》んだ花のような薄茶いろに灼《や》けた頸《くび》が抜き出ているのは、選挙運動のための日灼《ひや》けだった。鏡のむこうからは旭《あさひ》がいちめんに射しているが、それが未《いま》だに夏の名残の烈《はげ》しさを蔵している。しかしかづの白い肩や胸の肌は氷室《ひむろ》である。その肌理《きめ》のこまかい濃密な白さは光りを拒んで、裡《うち》に涼しい暗い夏の室内を隠しているように思われる。

実際、彼女の肌が年齢を感じさせないことは愕《おどろ》くに足りた。年齢の固い枷《かせ》を、肌が柔らかくくぐり抜けてしまったようで、この平然とおちついた、しかも或《あ》るすばしっこさと狡智《こうち》をひそめた弾力のある肌は、水盤にたっぷりと湛《たた》えられた乳のように、滑らかに自足している。ごく細かい毛穴が旭を受けて放恣《ほうし》にひろがるような気配は、肌をいよいよ芳醇《ほうじゅん》に見せた。

「なんてきれいなお肌でしょう。女でもむしゃぶりつきたくなるようですわ」

と女中が言った。

「そんなことを言ってる暇はないのよ」

とかづは心の中でこの讃辞《さんじ》を許して受け容《い》れたが、目はあたかも眥《まなじり》を決するというような烈しさで、鏡の裡へ向けられていた。化粧水をいちめんに肌に塗り、襟足《えりあし》は女中に塗らせ、その上から白粉《おしろい》を叩《たた》き、日灼けの部分とのくっきりしすぎた堺《さかい》はファウンデイションでぼかした。かづがこれほど短時間に、心を集中し緊張して、化粧に全力を傾けたことはなかった。

「車はいつでも出られるようになっているんだろうね」

「はい」

かづは着つけにかかりながら、女中に命じて運転手を呼ばせた。若い運転手は入ってきて、廊下に片膝《かたひざ》を突いた。女主人は腰紐《こしひも》を結びながら、強い表情《きつ》で運転手を見下ろしてこう言った。

「いいですか。今日の行先は、誰《だれ》にも言っちゃいけませんよ。わかったら大へんなことなんだから。誰にきかれても、言ったら私が承知しませんよ」

夕方、雪後庵へ帰ったかづは頗る《すこぶ》機嫌《きげん》がよかった。帰ろうとすると引き止められ、あの気むずかしい鎌倉の老人が中食《ちゅうじき》を一緒にした、と腹心の女中にも話した。白粉を落すために、いそいで風呂《ふろ》に入った。そして地味な着物に着かえると、湯上りの火照《ほて》りを頭痛の熱の名残のように装って、小金井の転居先へまっすぐに駈《か》けつけた。

野口は何も言わなかった。簡単に容態をたずねただけで、かづの返事はろくにきいていなかった。

かづは引越の状況を見て、世間の冷たさに今更ながらおどろいた。革新党から書記が二人来ただけで、選挙のあいだあれほど身辺に群がっていた若い者の影はどこにもなかった。山崎が不器用に茶簞笥《ちゃだんす》を運んでいた。あとはもともと雪後庵から出た書生や女中だけであった。

家は西武電鉄の花小金井駅から程近い小金井堤に面していた。上水の向う岸を通っている鋪装《ほそう》道路が五日市街道である。こちら岸は土の道で、堤の草も家の生垣《いけがき》も真白な埃《ほこり》にまみれている。七間《ま》の家はかなりの庭を控えているが、安普請《やすぶしん》で、おもてをトラックが通ると震動する。自然木《ぼく》の門柱のかたわらには、柳や神代杉《じんだいすぎ》や棕櫚《しゅろ》などが植えてある。……

――あくる日の午後、家のなかも少し落着いたので、野口夫妻ははじめて散歩に出た。草深い堤の上の小径《こみち》を、川の流れに遡《さかのぼ》ってしばらく歩いた。

かづにはこんな田舎暮しは、遠い少女のころの記憶にしかなかった。五日市街道の車のゆききは頻繁《ひんぱん》でも、こちら岸の道はたまさかのトラックや自転車のほかには車影を見ず、まして堤の上の小径には行き会う人もなかった。かづは久々に昼啼《な》く犬のうつろな声をきいた。

小径はさまざまな虫の音《ね》に充《み》ちていた。おびただしい芒《すすき》はすでに穂をひらき、新鮮な銀灰色の穂はしなやかに光っていた。笹《ささ》や丈《たけ》の高い雑草も、下の道に面した部分だけ埃にまぶされたのが、精妙な石膏《せっこう》細工を思わせたが、堤の上の草はみな活々《いきいき》としていた。

桜並木の下を通っているその小径の周辺の草は、茂り放題に茂っており、夏のころの草いきれはどんなだっただろうと想像された。あまり草深くて、上水の水のおもては覗《のぞ》けなかった。栗《くり》や合歓木《ねむのき》が水の上に思うさま枝をひろげ、ところどころで両岸の枝は交わって、それに蔓草《つるくさ》がからまっているので、きこえるのは可成《かなり》軽快な水音だけである。水を見ようとすれば、草の崖《がけ》に足を踏み込んで、危ない思いをしなければならない。

小径は肩を並べて歩くには窄《せま》すぎた。そこで野口が先に立った。スネークウッドのステッキまで競売に出してしまったので、野口は粗末な桜の杖《つえ》であたりの草を払って歩いた。野口の後ろ髪がすっかり白くなったのをかづは認めた。枯れた肩は心なしか威容を失い、灰色のシャツの背がいかにも隠居じみて見えるのである。

しかし野口が故《ことさ》らそう装っていることをかづは知っている。野口は自ら進んで隠居の役を演じようとしていた。きのうのかづの不在を深く追究しようともしない態度、ふだんなら癇癪《かんしゃく》を起しかねない引越の繁忙のあいだにも、水のような淡い磊落《らいらく》さを持したこと、……ひとつひとつが野口の新らしい身構えを示している。すべてを失ったあとの閑暇を愉《たの》しもうとして、野口はあらゆるものに愉しみの種子《たね》を見つけ出そうとしていた。それはおいそれと見つからない。だから現在の野口の朗らかさには、むかしの彼の流れを引く、何か堅苦しい倫理的なものがあった。

現にこの散歩に出るときも、野口は郊外の清澄《せいちょう》な空気を嘉《よみ》して、

「ああ、実に気持がいい」

という言葉を、それぞれ幾分ちがった表現ながら、都合三度も言った。

心の中に一つの定かな目標が決まると、野口はほかの万事を整理統合しなければ気のすまぬたちだった。彼はこの倫理的な朗らかさを援《たす》けて、すべてのものが力を貸していると信じた。あるいは夢みた。政治を志す者には敵があるが、詩を志す者には敵があるべきではない。……今はまだ不調和がある。今はまだ未整理のものが沢山残っ

ている。しかしやがてすべては浄化され、調和に向って歩み、ゲーテの「旅人の夜の歌」にあるような「山巓《さんてん》の安息」へ導かれることであろう。

……………。

うつむいて歩いているかづは、小径の土に深く刻み込まれた青いラムネの罎《びん》やビール罎の破片を認めた。それらは風雨に洗われながらしっかりと土に象嵌《ぞうがん》されており、ずいぶん時を経たものだと思われた。

「お花見のころはこのへんは大へんな騒ぎでございましょうねえ」

とかづが言った。この言葉が野口の幻想を破った。しかし彼はちゃんと別の返事を用意していた。朗らかな声がこう答えた。

「いや。このごろはそんなことはないそうだ。このへんの桜はすっかり老木になって、その上手入れがわるいので、見るべき花はつけないのだそうだ。うるさい花見客はみんな小金井公園の桜へ集まるそうだよ。山崎がそう言っておった」

「それならようございますが……」

かづの言葉にはいくばくの不本意が尾を引いた。この不本意の理由はかづ自身にも漠然《ばくぜん》としていた。かづは「群衆」を夢みていたのである。

桜の木の下に立止った野口は、湿った洞《うろ》のある幹を杖の先で叩《たた》きながら、

「ほれ、ごらん。これなんかは枯死寸前だ」

と言った。こんな快活な動作がますます彼の老いを引立たせ、使い古した箒《ほうき》のような眉《まゆ》がやさしげな目の微笑の上に影を落しているのを、かづは身のすくむ思いで見た。

野口のいくらか作ったような朗らかな声が、いちいち透明な硝子《ガラス》の繊維のように、かづの心にちくちくと刺った。きのうのことを咎《とが》められなかったので、かづは却《かえ》って気味の悪い思いをしていた。

きのう沢村尹のところへ、彼女は雪後庵再開のための奉加帳を持って出かけたのである。この頼み事を、かづはいつもの調子で、二段構えでもちかけた。まず、いきなり、沢村尹の力で現職の大蔵大臣と通産大臣を動かして、融資の特別の計らいをしてもらうように頼み込んだ。尹はしばらく考えていたが、それは自分にはやりにくいし、そういう高飛車な方策は、今のかづにとって得策ではあるまいと言った。

そこでかづは奉加帳をさし出して、第一番に尹の名をもらえれば、誰《だれ》も否《いな》やは言えないわけだと口説いた。尹は苦笑を浮べ、隠居の身では形だけのことしか出来ないがと断わって、うめ女に墨を磨《す》らせ、金一万円也、沢村尹と見事な手で書いた。

このことはまだ誰も知らない筈《はず》で、尹の示唆《しさ》したさまざまな人、佐伯首相、永山元亀、その他多くの財界人の手許《てもと》へ、奉加帳が持ち廻《まわ》られたあとなら知らぬこと、今はどこからも野口の耳へ届いているということはありえない。

きのう沢村尹の署名をもらった瞬間から、かづの心はこの思いがけない成功に燃え立っていた。精力は再び燃えひろがり、その嬉《うれ》しさは例えん方もなかった。昨夜からかづが絶えず心にかけているのは、喜びをどうして隠すかという一事である。その結果かづは、ありあまる精力を撓《たわ》める猫族のように身をかがめ、良人《おっと》の諦観《ていかん》のよろこびにふさわしい程度に、ほんの少しの喜びを支出して、あとは努めて陰気な顔つきを保とうと心に決めた。こんな不自然な努力は、しかし神経を不必要に鋭敏にする。……野口の寛容を薄気味悪く思うのも、こうした鋭敏さのせいだろうとかづは考えた。

だが、野口が何も知らないと思うと、その杖をかざした灰いろのシャツの散歩姿が言おうようなく孤独に悲しく見え、いっそ野口が知っていてくれたほうが心が休まるような気持がする。自分を罰したいと思うほど、罪を犯した意識はないが、かづはその先に又、少しばかり野口の理解を夢みていた。

「ごらん」

と再び立止った野口が対岸を杖で指した。

「今どきあんな茶店がある。芝居に出てくるようじゃないか」

見ると対岸の街道に面して、古風なおでん屋兼茶店があった。傾きかけた軒の下に、商うものを見せる埃っぽい腰唐戸《からど》があり、その硝子の部分に色とりどりの短冊《たんざく》を下げ、唐戸の部分を赤い毛氈《もうせん》で蔽《おお》うている。吊《つ》った札に大書してある「おでん」「だんご」などの文字が見える。

「まあ、風流ですわねえ」

とかづは誇張した嘆声をあげた。かづが踏み出した足もとの草に、いちめんに濃い厚い蜘蛛《くも》の巣が張っているのを、野口がすばやく杖の尖《さき》で払った。蜘蛛の糸は杖にからまって軽く漂い、傾きかけた日ざしを受けて、微細なきらめきがゆっくりと中空《なかぞら》に伝わった。

我慢が出来なくなったかづは、とうとう言わでものことを言った。

「ねえ、静かに住むにはいい家ですけれど、お風呂場《ふろば》だけは改築したほうがよさそうですね。いくら借家でも、先の永いことなんですから」

「それは僕《ぼく》も考えている」と野口は満足気に言った。「ゴルフからかえったら、風呂ぐらい快適なほうがいいからな」

「ゴルフを？　むかし外国でなすってらしたっていう……。でも、道具は」

「すべて型がついたら、古道具屋を叩いて安い道具でも揃《そろ》えてだな、又はじめようかと思っている。それを思いついたのは、この近くに小金井ゴルフ場があるからだ。そこへ昔の友人を招《よ》んだり、たまには外人の友達を招んだり……」

「そりゃいいお考えだわ。お体にもいいし、ぜひそうなさいませ。あんな烈《はげ》しい運動のあとで、急に何もなさらなくなると、一等お体にわるいと私も思っていました」

かづは今度は真率の喜びを見せて、そう同意した。良人もとにかく動いていてくれることが必要だった。

二人は最初の橋のところへ来ていた。欄干の代りに鉄管を渡した粗末な小橋に凭《よ》って覗《のぞ》き込むと、はじめて、さし交わす枝葉の下の上水の流れが見えた。かなり迅《はや》い水は、栗の葉かげを洩《も》れる光りを、斑《まだ》らに織り込んで流れていた。

「ラメの帯のようだわ」とかづは言った。「私ああいう流行はきらいですけど」

「ここへ来てはじめて水を見た」

と野口も言った。

やがて二人は又堤へ上って、西日へ向って、上流のほうへ歩きつづけた。

こんな会話を交わしながら、かづは自分の目がいつのまにか高みに坐《すわ》って、よろずに鳥瞰《ちょうかん》的になっているのに気がついた。眼下に小さく、初秋の堤をゆく老夫婦の姿が見えた。野口の白髪が光り、かづの簪《かんざし》の珊瑚《さんご》玉《だま》が光り、ときどきふりまわす杖が小さく光った。老夫婦の感情は透明で、哀愁に充《み》ち、人間らしい孤独にあふれている。そこには何ら夾雑物《きょうざつぶつ》がまざりようがない。……
しかしこんな見方は、当然又、かづにとっての護身の方便だった。そうしなければ、自分も傷つき良人も傷つくほかはないほど、自分の存在が鋭利な刃を蔵しているのを知ったかづには、もしこうして高みから眺《なが》めない限り、哀愁に充ちた散歩の老夫婦の可愛《かわい》らしい絵は、忽《たちま》ち一変して、目をそむけずにはいられぬ醜悪な絵に化してしまいそうな気がしたのである。

野口がこの清澄な散歩の一刻一刻をたのしんでいることは明白で、その兆《きざし》は彼の肩、ときどき空を仰ぐ彼の眼差《まなざし》、彼の足取、彼の杖のふりまわし方、いたるところに現われていた。しかしそのたのしみ方にはどこか排他的な、頑《かたく》なな感じが窺《うかが》われ、かづの存在は必ずしも必須《ひっす》ではないようだった。うしろから歩いてゆくかづは、カンバスに描く画家の肩からそっと絵をのぞく人のようないたわりを持たねばならぬと思った。今は彼女には邪魔する資格もないのだから、その観想の邪魔をしてはならぬと思った。

かづのいたわりは、初秋の西日に照らされたこの一刻一刻にかかっている。野口も亦《また》、こんなに整理された清澄な心境は二度と来ぬことを知っていて、無理にもその清澄を保とうとしている感じがわかる。かづが今それを壊すいわれはない。この一瞬一瞬が、まがいものにもせよ、或《あ》る種の幸福の絵を形づくっていることを否定すべきいわれはない。

二人は道の左方の高い杉林の中に斜めにさし入る日が、杉の一つ一つの幹のあいだに、神秘な金いろの靄《もや》をまつわらせているのを見た。トラックがおびただしい埃をあげてその傍《かたわ》らをとおった。のこる埃が杉のあいだに立ち迷うと、それがまた静かな金になった。

又二人は散歩のゆくての空に、日が美しく沈むのを見た。彩《いろ》づいた夕雲はかなたこなたの木立を、新鮮な野菜のような色に染めていた。夕雲はいきいきと燃えているのもあれば、燃えている雲の只中《ただなか》に、夕闇《ゆうやみ》の色を含んでいる一片もあった。そのおぼめく灰色の一片に、かづは墓の形を認めた。それは野口家の墓である。

ふしぎなことに、いつもかづの心をそそる墓の幻影が、今日は何の感興も呼び起さない。漠然《ばくぜん》と、それを自分の墓だと思う。思うけれども、かづはその墓がそんなに遠くに、不分明に揺曳《ようえい》しているのに委《まか》せている。墓は傾く。崩れる。融《と》けかかる。……そのまわりの花やかな夕雲も、たちまち灰汁《あく》のような色になった。

第十八章　宴《うたげ》のあと

十月になって、野口は以前奈良の御水取へ行を共にした古い友人たちから、一夕の招待をうけた。かづは呼ばれなかった。

どうせ新聞社の費用だろうが、席は柳橋の稲瀬で、川に面したひろびろとした座敷に、いつもの顔ぶれが集まった。八十翁《おう》は床柱を背にして坐《すわ》った。野口と、新聞社の重役と、経済評論家がこれを囲んで坐った。

小肥《こぶと》りした女将《おかみ》はいつもながら面白《おもしろ》い応待をした。この非常に聡明《そうめい》な女は、肥った陽気な姿態を利用して、いつも自分を、呑気《のんき》な、物知らずの面白い存在に仕立てた。ハリウッドの話が出ると、

「ハリウッドって、パリーのそばなんですの」

なんぞと言う。

「おかみさんのパン食の話を御存知ないんですか？」

と一人の老妓《ろうぎ》が言った。女将は悠然《ゆうぜん》と構えて、そんな話をしたってつまりませんよ、と言った。老妓はつづけた。

「おかみさんが何とか痩《や》せたいと思って、お医者様に相談したら、お医者様が、そりゃあ三度三度パン食にしなくちゃ、と仰言《おっしゃ》るんですって。そうしたら、おかみさん、しばらく考えていて、『あのう、先生、パン食って、食前ですか？ 食後ですか？』」

みんなはこんなよくある笑話に他愛なく笑い、きょうの会の名目は野口の慰労だというので、八十翁はいろいろ気を遣って野口を引立てた。

席半ばに野口が厠《かわや》に立つと、八十翁も立った。芸者が手を引こうとすると、断乎《だんこ》としてこれをはねつけた。廊下の片隅《かたすみ》で野口にこう言った。

「野口君、こりゃあ君も承知のことかもしれないが、もし知らなかったら、ぜひ耳に入れておくべきだ、と諸君が言うので、年寄の私がいやな役目を引受けたんだよ。まことに言いにくい話だが」と老人は言い澱《よど》んだ。「君の奥さんがね、このごろ雪後庵《せつごあん》再開の奉加帳を、内閣や財界の誰彼《だれかれ》のところへ持ち廻《まわ》っている。そもそもの口切りが沢村尹だというので、相当の金が集まっているらしいんだよ。まさか君が……」

「いや、はじめて知りました」

と野口は口迅《くちど》に遮《さえぎ》った。

——席へ戻《もど》った野口の苦悩は、はたの見る目にもありありと現われた。この顔を見て、他《ほか》の客も、八十翁が何を告げたかがよくわかり、野口が何も知らなかったのもよくわかったので、野口に対する同情といやまさる厚意とが注《そそ》がれた。そういう難かしくてデリケートな友情の表現については、この人たちは十分洗練されていたけれど、野口はこんな洗練に一そう傷つけられた。そして早目にそこを辞去した。かづは今夜は雪後庵に泊るという連絡があって、小金井の家には帰っていなかった。

野口が柳橋へ行ったころ、かづは赤坂で永山元亀と逢《あ》っていたのである。元亀に面会を申し入れると、何でも知っている元亀は、「ああ、奉加帳のことだろう」と気軽に言い、事務所で逢いたいとかづが言ったにもかかわらず、赤坂の白川《しらかわ》を指定した。かづはこんな知り合いの料理屋で元亀と逢うのが面白くなかった。しかし結局、時間きっかりにそこへ行った。そして三十分の余も待たされた。

その間《かん》女将が来ていろいろと座持ちをするのが、かづには苦痛に思われた。老いた女将はすでに雪後庵再開の噂《うわさ》を知っていて、すっかりかづの味方に立ち、何やかと助言を与えたがった。

「沢村さんのお墨附をおもらいになったのは上出来でしたわ。それでなくちゃいけませんわね。奥さんもこれまであんまり苦労なすったから、これから花実《はなみ》が咲くんですわ」

女将は大へんよく当る占い師を、事業の援《たす》けに、紹介しようとしきりにすすめたが、かづはこの申し出をほどほどに受けた。こんな発端に悪い予言をもらうのが怖《おそ》ろしくもあり、事実今のかづは、全く自分一人の活力だけを信仰していた。

廊下の遠くの物音をききつけて、女将は立上るや否《いな》や、物のはじけるようなつややかな大声を立てた。

「お待ちかねでございますよ。レディーをお待たせになっちゃいけませんね」

元亀のあたり憚《はばか》らぬ声がきこえた。

「レディーじゃないよ。茶のみ友達の婆《ばあ》さんだよ」

「まあそんなことを」

端座しているかづはちょっと身を慄《ふる》わせた。自分は再びこの種の冗談、この種の度の過ぎた親しみ、この種の寛大な無作法の只中《ただなか》に坐っている。どんなに否定しようが、自分はここに坐っているのである。元亀は只の一度も自分を元大臣の夫人として扱おうとはしなかった。

しかしかづはあの劇烈な選挙運動の渦中《かちゅう》にいたときよりも、今のほうがもっと政治の身近にいるような気がする。政治の肌《はだ》の温味《ぬくみ》は、こうした冗談、陽気なやりとり、女たちの笑い声、床の間の香炉に焚《た》いた名香の薫《かお》り、……これら一連のものにかこまれていて、はじめて五感に訴えるような気がする。そのときはじめて、政治はぬっと顔を出して、奇蹟《きせき》を成就させるのだ。

永山元亀は和服の姿で部屋に入って来た。

「やあ」

とまことにこだわりのない会釈《えしゃく》をして、かづと卓を隔てて坐った。

かづは端座したまま、まじまじとこの醜い老人の顔を眺《なが》めた。肉の粘土をちぎって貼《は》りつけたようなその顔は、無意味な不規則な凹凸《おうとつ》に充《み》ちている。しかも赤らんだ肌はいやらしいほどの活力を示し、肉と肉とが鬩《せめ》ぎ合っているという感じを与える。幾重の厚い皺《しわ》にかこまれた目は、その皺をものともせずに剝《む》き出ている。大きな厚い唇《くちびる》の奥に、総入歯のまっ白な歯列がかすかに鳴っていた。

かづはその顔を見据《みす》えたまま、一言、

「悪魔」

と言った。

「ほう、もっと言わんかね」

と元亀はにやにやしながら言った。

「卑怯者《ひきょうもの》の、人非人の、一番汚ない悪党ですよ、あなたは。例の『野口雄賢夫人伝』の怪文書だって、あなたの差金だとわかっているんですから、お隠しになったって無駄《む》《だ》ですわ。あなたには良心のかけらもおありなさらない。便所に這《は》ってる虫よりもっと臭気ふんぷんで、人間の屑《くず》ですよ。まともな人間なら考えつかないような汚ならしいものをありったけ集めた掃溜《はきだ》めよ。よくも殺されずに、今までのうのうと生きていらしたものだわ。私、あなたを八つ裂きにしてもあきたらないと正直思っていますわ」

言ううちにかづはますます激して、自分の言葉に自分で追いかけられている心地になった。かづの顔はひどく紅潮し、口は乾いて、怒るうちに目からは涙がとめどもなく滾《あふ》れ、泣きじゃくりながら罵《ののし》った。土耳古《トルコ》玉の指環《ゆびわ》が壊れそうな勢いで卓を打った。もっともその指環は壊れてもよかった。奉加帳を持ち歩くとき、かづは決してダイヤの指環をはめていなかったからである。

「そうかい、そうかい」

と元亀は軽くうなずきながらきいていたが、そのうちに彼の目にはまことに不可解な涙がにじみ、厚い皺を伝わって頰《ほお》に流れた。

「わかってるよ。言いなさい。もっと言いなさい」

と元亀は涙声で言った。そして赤い毛の夥《おびただ》しく生えた拳《こぶし》を握って、自分の目を拭《ふ》いた。揺籃《ゆりかご》に乗せてあやすような、だるくて甘い声の響きがこの醜い老人の口から洩《も》れた。

「わかってるよ。ずいぶん苦労したろう。苦労したんだな」

卓のむこうから、元亀の手はやさしく伸びて、かづの歔欷《きょき》している肩にさわった。かづはそのとき両手にひろげた手巾《ハンカチ》に顔をおおうていたが、気配を察して、肩でその手を払いのけた。

「まあいいさ。まあいいさ」

元亀の声がこもってきこえたのは、今度は彼が身を屈して、低い卓の下へ頭をさし入れ、かづの膝《ひざ》の前にある古代紫の袱紗《ふくさ》包みへ、手をさしのべたからである。

元亀はあぐらの膝に袱紗を解いた。奉加帳をとりだして、ゆっくりと袋綴《ふくろとじ》の奉書の頁《ページ》をめくった。めくる間も、何度か手の甲で目がしらを拭いていた。

やがて元亀が呼鈴を押す気配にかづは気づいた。かづは来るべき女中を憚って、入口のほうへ背を向けて坐り直し、顔をおおうていた手巾を外した。

「おい、硯箱《すずりばこ》！」

と元亀はあらわれた女中に命じた。

女中が来て墨を磨《す》りはじめると、かづも体裁上涙を隠さねばならなかった。コンパクトをひらいて顔を直した。二人の客の異様な涙と沈黙に怖《おそ》れをなして、女中は墨を磨りおわるとそこそこに姿を消した。

元亀は達筆に、

「金三十万円也　　永山元亀」

と書いて、懐《ふとこ》ろから出した少し皺になった小切手と奉加帳をかづの手許《てもと》へ押しやりながら、

「わしのはほんの寸志だが、せめてもの罪ほろぼしに、明日の午前中に、五井銀行の山梨君から、うんと金をしぼってやろう。もともとお前が憎くてやったことじゃないのだ。……あしたの朝、山梨君の都合をきいてお前に電話するが、家のほうじゃ具合が悪かろう」

「雪後庵へお電話を下さいませ」

「電話があったら、すぐ出られるようにしていてほしいな」

「ええ」

そう言ってしまった以上、かづは今夜雪後庵に泊るほかはないと心に決めた。

あくる日の黄昏時《たそがれ》に、かづは会うべき人に会い、すべきことをし尽して、小金井の家へかえった。野口の叱責《しっせき》は覚悟していたが、今かづの心は静かであった。やっと雪後庵の再開の目鼻がつき、「奇蹟が成就された」のである。

小金井堤は夕闇《ゆうやみ》に芒《すすき》が白く、まだ明るい空には鳥の渡りがあった。かづは今朝昂奮《こうふん》のためにひどく早く起きて、久々に荒れた雪後庵の庭を散歩したとき、雑草も芝も見分けのつかなくなった草深い勾配《こうばい》に、数知れず下りていた小鳥が、おどろいて翔《た》ったその羽音を思い出した。それは硝子《ガラス》のように澄明《ちょうめい》な朝の大気を、一撃、千々《ちぢ》に打ち破ったかのようだった。

かづは運転手に命じて、車を家よりずっと手前の橋の畔《ほとり》に停《と》めた。門前に横づけにすることを憚ったのだ。運転手がドアをあけ、目に著《しる》く夕闇の道に白い足袋をさし出したとき、たまたま野口の門を出て、こちらへ来る人影に気がついた。

折鞄《おりかばん》を片手に下げた人影は蹌踉《そうろう》と近づいた。西空を背にしているので顔は見えない。ひどく老《ふ》け込んで、形は逞《たく》しいのに、うつむいて歩いてくるその姿に力がない。西空は静かに光って、何となく理想主義の終焉《しゅうえん》という感じがある。虚《むな》しい理想の巨大な廻り燈籠《どうろう》のように、百千の蠟燭《ろうそく》をともして、野の果てに日が沈んでゆく。この光りに背を向けて歩いてくる人間は、燈籠の絹の上に貼《は》りつけられた影絵である。黒い一葉の薄紙を切り抜いて、その影を絹の上に踊らせる影絵である。それならばそれは山崎にちがいなかった。

かづは再び車の座席に納まり、ドアを閉じ、窓の硝子を下ろして顔をさし出した。顔には夕風が冷たく当った。高声をあげずにすむほど山崎が近くへ来たとき、山崎の名を呼んだ。こんなひそめた声であったのに、彼はびくりとして顔をあげた。

「なんだ奥さんか」

「中へ入ってお話なさいよ」

山崎は熊《くま》のような身振りで車内へ上って、かづの傍《かたわ》らに坐った。

「山崎さん、これからまっすぐに東京へ帰るんでしょう」

「ええ」

「そんならこの車を使って頂戴《ちょうだい》な。私はここで降りて、車はどうせ小石川へ帰るんですから」

「ありがたいですな。じゃあそうさして貰《もら》います」

暗い車内にしばらく沈黙がつづいた。

「野口とは何の話だったの」

とかづが正面を見たまま訊いた。

「きょうはね、先生が畳に手を突いてすまなかった、って私に詫《わ》びましたよ。あんな先生を見たのははじめてだ。さすがの私もほろりとしましてね」

かづの胸は予感の動悸《どうき》を打った。

「野口が何をあなたに詫びたんです」

「先生はこう言われましたよ。『お前にいろいろ敗戦処理につき苦労をかけて来たが、ここに至って、かづが心変りをした。この通り手をついてあやまる。この話はないことにしてくれ』ってね」

「この話って何です」

「奥さんも白っぱくれるな。雪後庵の分譲の話じゃありませんか」

「私の心変りって何です」

「先生はもう奉加帳の件は知っておられますよ」

「そう」

かづは車の前窓の彼方《かなた》の闇を見透かした。野口家の門燈の仄《ほの》かな光りが路上に落ちている。空は薄黄の一線を僅《わず》かに残し、堤の上の桜はすでにくろぐろとした影の固まりである。

「山崎さんにも、本当に御迷惑のかけっぱなしでしたわ」

とかづはぽつりと言った。

「変なことを言いますね。私は別に何とも思っちゃいません。これからも渝《かわ》りなくお附合ねがいたいと思っているんだし」

「そう言って下さるのは嬉《うれ》しいけれど、……何しろみんな私の我儘《わがまま》から出たことですから」

「そんなことははじめから承知してますよ」

と山崎はまことに知的に言ってのけた。

かづはこの一年の山崎の友誼《ゆうぎ》にこたえるためにも、せめて山崎だけには奉加帳の件を事前に打明けるべきだったと思い当った。しかしこれは山崎の住む世界と別の範疇《はんちゆう》に属する秘密であった。やっぱりかづは打明けるべきではなかったであろう。

「私、もう行きますわ」

かづが手を支えて座席を立とうと身構えたとき、かたわらの暗いシートの上にある山崎の手に触れた。その手は冷えて、押し黙って、不満そうに、闇にうずくまっていた。

気が咎《とが》めていたせいもあり、又、取り残された山崎の孤立を慰めたくもあり、言葉よりも身体《からだ》の表現のほうがずっと自分を弁護してくれることを知っているかづは、永い附合に一度もなかったことだが、山崎の手を上から包むようにして強《きつ》く握った。

山崎のおどろいてこちらを見た目は、遠い外燈の光りをうけて煌《きら》めいた。

しかし山崎はこんな唐突な表現を誤解するたちではなかった。はじめて野口家でかづに会ってから、今日までの一年間の帰結が、こんな形でやって来るのは、それほど意外なことではなかった。それは友情でもなければ、まして恋愛でもない、二人の人間の間のわがままな関係で、山崎は無限に恕《ゆる》すことで、自分の客観性を保持してきたのであるから、かづだけがわがままだということはできなかった。そして最後に、画家が折角構図の整った絵を、おしまいの一刷毛《ひとはけ》で台なしにしてしまうように、かづは急に手を握ったりする不釣合《ふつりあい》な表現で台なしにしてしまったのであるが、恋愛にとっては浅薄であり、友情にとっては冒瀆《ぼうとく》である筈《はず》のこんな仕打ちも、山崎は別の角度へ飛び退《すさ》って、やすやすと恕すことができた。

それよりも山崎が感じたのは、かづの羽根蒲団《ぶとん》みたいに柔らかな温かい手が、包み込んでいるふしぎな力だった。それは有無を言わせない不合理なあいまいな温かさで、強い破壊力をひそめていた。それは密度を以《もっ》て肉を充《み》たし、まことにそれ自体のかけがえのない重みと暖かさと、そして暗さを蔵していた。

やっとかづは手を離した。

「じゃ、さようなら。……あなたのあれだけの御苦労のあとの、今の白けたお気持は、よくわかるつもりですわ。私も野口も、同じような気分の中で、じたばたして暮らすんですわ。今後たとえ何をやろうと……」

「電信柱の前を通れば、貼ってあったビラのことを思い出す」

「そうそう。残念なことに、こんな田舎へ来たって、いたるところに電信柱がありますからね」

今度は山崎が恬淡《てんたん》にかづの手の甲を軽く叩《たた》いた。

「仕方がありません。そのうち治りますよ。誰《だれ》だって宴会のあとは、当分こんな気持がつづくもんです」

かづは雪後庵の大広間で宴の果てたあとの、あの金屛風《きんびょうぶ》の虚《むな》しい反射を思い出した。

山崎を乗せた車の赤い尾燈が遠ざかると、かづはすっかり暮れた道を、家のほうへ一人で歩いた。門へ入りかねて、しばらくそのあたりを徜徉《しょうよう》した。

決心して家へ入る。わざと大きな声で女中にこうきいた。

「旦那《だんな》様はお食事はおすみになったのかい」

「いいえ。今お仕度しているところです。奥様もあがりますか」

「さあ、あんまり空いていないけれど」とかづは言い澱《よど》んだ。今夜これから夫婦が一緒に食事をするような情景になるかどうか疑問であった。「……ほしいときは又あとでそう言うから」

野口は縁つづきの六畳の離れにいた。障子のそとから、かづは声をかけた。

「只今《ただいま》かえりました」

返事がなかったが、かづは入って坐った。野口は何か本を読んでいて、かづのほうを振向こうとしなかった。そこで、選挙のあとはほとんど白髪になったその頭と、痩《や》せた肩を張った着物の背縫の、いつもながら、着方が下手で、左にずれているところが目についた。しかしかづからその背中は非常に遠く、背縫を正してあげようにも、かづの手はもう決して届かないことがわかっていた。

「お前のやったことはすっかり耳に入っている」とややあって野口は背を向けたまま言った。「お前としてはやむをえんかもしれないが、僕《ぼく》としては許しがたいことだ。お前は不貞を働いたのだ」

「それはどういうことでございましょうか」

この反問はかなり居丈高にきこえたので、野口はこんなかづの強さにおどろいたが、すぐ単なる言葉の誤解だと気がついた。はじめて妻のほうへ振向いて説明した。野口の声は少しも激していず、言葉は静かだったが、どこかにひどい疲労が感じられて、高邁《こうまい》な内容と奇妙な対照を示した。

野口は人間のやることとして、政治にも愛情にも逕庭《けいてい》のあろう筈はないという考えだった。人間のやることはみんな同じ原理に基いており、政治も愛情も道徳も、それぞれの星座のように、決められた法則に従って動くべき筈のものだった。だからその一つの裏切りは、ほかの裏切りと全く同等で、いずれも全体の原理に対する裏切りに他《ほか》ならなかった。姦婦《かんぷ》の政治的貞潔も、貞女の政治的裏切りも、同じような不徳であり、しかももっと悪いことには、一つの裏切りはつぎつぎと感染して、原理全体の崩壊を促すことだった。この古い支那《しな》風の政治観によれば、かづが奉加帳を持って政敵の間を廻ったことは、彼女の姦通に他ならず、かづはそれらの男と「寝た」のであった。

かづは野口の言葉にもぼんやりしていた。これらは畢竟《ひっきょう》するところ、かづにはわからない思想だった。しかし自分が究極的に正しいと信じている点では、かづの自信もおさおさ野口に劣らなかった。

今度の事件で野口は全くかづに絶望し、かづの個々の行為の矯正《きょうせい》の可能性も諦《あきら》めたが、これはずいぶん遅い発見で、この廉直の人の楽天的な一面をよく現わしていた。野口は依然として自分の正義に目をくらまされ、物事の本質を見抜いていなかった。なぜ野口がかづを妻にしたか？　野口が原理を信奉することが深ければ深いほど、野口が暗々裡《あんあんり》にこの女に求めていたのは、原理の汚辱ではなかったろうか？

野口は今までの彼の教育的熱情に対して、かづがまったく表面だけで順応しながら、その実ひとつも真率に反応しなかったことにも怒っていた。しかしかづは男の教育的熱情の中に、彼の原理から流れ出るものは全く認めず、ただそれを愛情のしるしとしか考えることができなかった。大体成熟した人間を教育して変えることなどは不可能であるし、何によらず男の目が不可能に惹《ひ》きつけられて光っているときには、それを愛情のしるしと考えてよかった。そして愛情にはやさしい従順を以て真率にこたえ、不可能に対する論理的熱情には、ほどほどに附合ってゆく他はなかった。

かづの、しじゅう動いているものに対する熱情、活気に対する熱情、全身を動かして飛びまわることへの生れながらの熱情を、野口が見抜いていなかったということはありえない。疑いもなくかづの魅力はそこにあって、それこそ正《まさ》しく、野口のような謹直な男の、教育的熱情をそそるものだった。

野口はかづが彼の原理に忠実について来ることを要求したけれど、かづのほうは野口が彼女の原理について来るなどという高望みを抱いてはいなかった。ここに彼女の活力の孤独があって、かづは自分の思うとおりに動けるものは自分だけだということをおぼろげに知っていた。彼女はどんな種類の論理的熱情も持たなかった。論理は彼女を冷やすだけであった。そしてかづは、こうした活力の孤独を知っていただけに、死後の孤独をいつも怖れていた。

野口がやおら、次のように言いだしたとき、もちろんかづのこういう恐怖に点火しようとしたのである。

「いいかね。これは僕の言う最後の言葉だ。今お前が心を改めて、再開を放擲《ほうてき》して、雪後庵を売ろうという気になれば、僕も忍びがたきを忍んで、最初から出直す気になってもいい……。今、お前が『はい』と言えば、辛《かろ》うじて、間に合うのだ……。しかし『いや』と言えば……、お前も十分覚悟していることと思うが、われわれの間はこれっきりと思ってもらわなくてはならん」

かづの目の前に、荒れはてた墓地の、誰も弔うもののない無縁仏の墓が浮んだ。孤独な活力の果てに、見捨てられた孤独な墓が、雑草におおわれて傾き、朽ちかけている幻影は、底知れぬ暗い怖ろしさでかづの心を刺した。かづが野口家の人でなくなれば、そこへ通ずる一本道をゆくほかはないのだから、この未来の暗示は無礼なほど正確だった。

しかし遠くから、かづを何ものかが呼んでいる。いきいきとした生活、多忙な毎日、大ぜいの人間の出入り、しじゅう燃えさかっている火のようなものがかづを呼んでいる。そこには断念も諦観《ていかん》もなく、むつかしい原理もなく、世間は不実であり、人間は皆気まぐれで、その代り酩酊《めいてい》と笑いとがのびやかに湧《わ》き立っている。その場所はここから見ると、暗い草原の彼方《かなた》の丘の上、夜空を焦《こ》がしている踊りの人たちの火明りのように見える。

かづは自分の活力の命ずるままに、そこへ向って駈《か》けて行かねばならぬ。何ものも、かづ自身でさえも、この活力の命令に抗することはできない。しかもそうしてかづの活力は、あげくの果てに、孤独な傾いた無縁塚へ導いて行くことも確実なのである。

かづは目をつぶった。

きちんと坐ったまま、首筋を正して、目をつぶっている妻の姿は、野口に気味のわるい思いをさせた。野口はこの女の不可解を百も承知のつもりでいたが、こんな理解が邪魔をして、目前の不可解が今までとは全く別種のものであり、かづが違った女になり変ってゆくことに気づかなかった。

『また自分勝手なことを考えているにちがいない。また泣き落しの手に出るのかもしれない。いずれにしろ僕はもうこの女に疲れた。それが僕の老いの兆《きざし》であろうと、この疲労だけが今の僕にとって唯一《ゆいいつ》の正確な感情だ』

と野口は思っていた。

それでいながら、彼は目の前の花火の爆発を待つときの、子供らしい期待と不安にかられていた。

野口はこうしていよいよの決着を、隙間《すきま》のない構えで作り上げて、そこへかづを追い込んだ。もともとこんな二者択一へ追い込まれる成行は、かづ自身の作ったものであり、野口は心ならずも、というよりは一種の面倒臭さから、隙間のない柵《さく》を作ってやったのだと云うべきである。本当のところ、野口はこれに対するかづの答が、どちらであってもいいような気がしていた。

ただ野口の怖れるのは、その次に又来かねないかづの心変りと、変転の煩《わずら》わしさであった。まるで少年のような焦躁《しょうそう》をあらわにしながら、彼は今一刻も早く、残り少ない自分の人生を不動なものに確定したくてうずうずしていた。もう修理や改築や、青写真の書き直しや、プランの練り直しは御免であった。彼の心も肉体も、すでにあらゆる不確定に堪えなかった。フルーツ・ジェロのなかの果物の一片のように、身をおののかせながら、少しも早くゼラチンの固まってくれる時を待っていた。凝結した世界が成就すれば、はじめて安心してそこから青空を仰ぐこともでき、日の出や日没、木々の梢《こずえ》のそよぎも、心ゆくまで眺《なが》めることができるように思われた。

野口は多くの隠退政治家と同じように、その晩年のために「詩」を保《と》っておきたかったのである。この萎《しな》びた保存用食品は、今まで味わう余裕もなく、又旨《うま》そうにも思われなかったものだが、これらの人にとっては、詩そのものよりも、詩への安心した渇望《かつぼう》に詩がひそみ、詩こそ正に世界のゆるぎのない確定を象徴するものだった。もう二度と世界の変貌《へんぼう》する怖れがなく、二度と不安や希望や野心に襲われないことがわかってから、詩は出現する筈だったし、そうあらねばならなかった。

そのとき終生の道徳的な気づまりや、論理の鎧《よろい》は融解して、秋空へのぼる一筋の白い煙のような、「詩」になってしまう筈である。ところがこんな安全性の詩についてはかづのほうが先輩であり、その無効もかづのほうがずっとよく知っていた。

野口は自分が決して自然を愛さないだろうということを知らなかった。もし自然を愛していたら、かづをもっと巧みに愛したにちがいない。小金井界隈《かいわい》の武蔵野《むさしの》の名残を、彼は散歩の途《みち》すがら、自然の美しさだと考えて味わったが、その古木の桜、その巨大な欅《けやき》、その雲、その夕空は、彼の廉直なぎこちなさが描いた理想の自画像にすぎなかった。

……かづはまだ目をとじていた。

その瞬間、野口は、自分が永遠に朽ちない不安な家庭生活のほとりに居据《いすわ》って、途方に暮れているような気がした。肩に手をかけてゆすぶっても、かづはもうびくともせず、そこに固化して、坐っているにちがいない。そして死ぬまでの年月がここに澱《よど》み、世界は彼の思いもかけない奇怪な形でこのまま凝結してしまったのかもしれない。

かづはそろそろと目をあけた。

目をつぶっている間、彼女の心は果断に山坂を乗り越えて、自分にとってたった一つしかない答に到達していたのである。

目をつぶった暗闇に沐浴《ゆあみ》をして、はじめて良人《おっと》の影響を全身に浴びたものか、かづは今までについぞないことだが、立派に論理に則《のっと》った返事をした。

「致し方ございません。雪後庵は再開いたします。身を粉《こ》にして働いて、借金は必ず皆さんにお返しいたしますわ」

このとき野口はかづをひどく憎んだ。昨夜一晩を彼は怒りながら過したが、今日山崎と会いかづに会うころには、怒りはまったく萎《な》えて、投げやりな冷たい諦観だけで事を処する心構えができていたのである。そこで自分が選ばせた二つに一つの返事を、かづがこうも堂々と選んだのをきいて、突然身内に湧き上った憎しみは、野口の予期しないものであった。

野口の期待したのはどっちの答だったろうか？　もしかづがもう一つの答を選んでいたら、果して憎まずにすんだろうか？

ともあれ、選挙のあいだのかづの勝手な行動に対して、彼が打擲《ちょうちゃく》したときはさほどでもなかったのが、今のかづは、正しく野口の論理の武器を奪って、野口の正当な敵になったかのようだった。

これまでとちがって、かづは涙一つ見せていなかった。その白い顔はむしろ晴れやかで、端座した豊かな姿は、木目込人形のように精緻《せいち》に安定していた。

野口の目を見たかづは、しかし一目で、この痩せた高潔な老人の体に燃え立った憎しみを見てとった。これは全然教育者の目つきではなく、気むずかしいストイックな父親の、叱責《しっせき》の目つきでもなかった。……かづはこれを見ると、歓《よろこ》びのために体が慄《ふる》えた。

障子を閉め切った戸外には、何の物音もしなかった。室内の燈火が急に明るくなったように思われ、野口の質素な本棚《ほんだな》や机や、机上の鋏《はさみ》や、乏しい家具の塗りが光って、いつもよりも精細に浮き上ったように見えた。新らしい畳が匂《にお》っていた。

二人は永いこと見つめ合っていたが、こんなにかづが良人の目をまともに見ることができたのは最初であった。野口は肩を怒らせて全身でかづを憎んでいた。かづはこのまま野口が倒れるのではないかと怖れた。

すると怖ろしくなって、看護の方法をあれこれと考えた。しかしここからはもう手は届かず、野口の不本意を慰めるために、今かづにだけ備わっている力はもう野口のためのものではなかった。

これは野口も同様で、憎しみを少しずつ鎮《しず》めてゆくのに、姑息《こそく》な手段しか残されていないことを野口は知っていた。かづがあの返事をしたときから、打擲の手はもうかづの体には届かず、こう言うと可笑《おか》しいようだが、今は一種の礼儀が彼の手を禦《とど》めていた。この礼儀には、体にまとわりついて来る湿った屍衣《しい》の感じがあった。

永いことたってから、野口はようようこう言った。

「そうか。それでは離籍の手続をするとしよう。異存はないね」

第十九章　宴の前

話合いの末に野口はかづの籍を抜いた。かづは身のまわりのものを纏《まと》めて雪後庵に帰った。この噂《うわさ》が世間にひろがると、閉鎖の折に四散した雪後庵の雇い人たちは、つぎつぎと帰参を申し出て、かづにうれし涙を流させた。

家の中も荒れてはいるが、甚《はなは》だしいのは庭だった。もとの庭師が数人の若い衆を連れて来て、再開のお祝いの奉仕を申し出た。庭を一日も早く旧に復して見せると請合ったのである。

芝を刈り、植木を刈り込む庭師の終日の働きを、暇さえあれば、かづは庭に下りて眺めるのを喜びとした。夜は梟《ふくろう》が啼《な》き、昼は松の梢《こずえ》に住みならえている鳶《とび》のすこやかな姿を見た。雑草が刈り倒されてゆくと、庭の奥をめがけて小綬鶏《こじゅけい》が逃げ去ったりした。枝を思うさま伸ばした車輪梅《しゃりんばい》は、紫の実をつけていたが、まだ夏の白い凋《しぼ》んだ花をいくつか残し、その香気は幻のようにかすかに残っていた。生垣《いけがき》の満天星《どうだん》の紅葉はさかりであった。これが入口の古い中雀門《ちゅうじゃくもん》に、あでやかな影を与えた。

かづは日ましに美しく整えられてゆく庭を眺めて、そこに焙《あぶ》り出しのように徐々に浮び上って来る庭の面影《おもかげ》がむかしと同じものだとは思えなかった。たしかに同じようではあるが、かつて精密な地図のようにかづの心に蔵《しま》われ、諳《そら》んじられ、掌に納められていた庭とはちがっている。あの隅々《すみずみ》まで知り尽していた澄明《ちょうめい》な庭はもう失われてしまった。木石の一つ一つが、もとはあるべき場所にあって、かづの心の中にきちんと整理された各種の既知の感情に、みごとに照応していたものであったが、この照応は失われてしまった。

芝草が刈られて低く均《な》らされる。煩雑《はんざつ》に繁《しげ》った枝が間引かれて空が明るくなる。それにつれて徐々にうかび上ってくる庭の顔は、おもむろに眠りから、模糊《もこ》とした夢からさめて来るようで美しかったが、その顔かたちは似ていても、一点一劃《かく》が、いずれもかづにとって既知の世界のものではなかった。

ある日は雨が降って庭師が休み、夕刻に晴れて庭の中ノ島や、そこの夥《おびただ》しい笹《ささ》や、池水は日にかがやいた。すると不安な散光が池のあたりにちらちらし、庭はかづの知らない不気味な歓喜をうかべているように眺められた。又ある朝は霧に包まれ、霧の中から枝をさしのべている松は、何か不快な記憶に身を委《まか》せているように見えるのである。

そのころかづが書いた長い手紙に、山崎が返事をよこした。

小春の名残の暖かい庭へ出て読もうと思って、かづは朝の庭に下り立った。巽《たつみ》の池は日にかがやき、松、栗《くり》、榎《えのき》、椎《しい》などの古い壮大な木々のめぐる央《なか》に、巨大な黐《もち》の落着いて黒ずんだ緑が、背景の林のあたかも頂点をなしていた。芝生のひろい展望の要《かなめ》になる雪見《ゆきみ》燈籠《どうろう》だけが、永い閉鎖のあいだに、却《かえ》って寂《さ》びた古色を得て、まわりがきれいに刈り込まれると、ひとしお目立っていきいきとして来た。空はよく晴れ、梢のあいだに繊細な巻雲が流れていた。

かつて小さく折り畳まれていた庭は、水中花のようにみるみる拡《ひろ》がって、謎《なぞ》や不可解に充《み》ちた広大な庭になった。そこには植物や鳥の気ままだが静かな営みがあり、かづの知らないことがいっぱいあって、今日かづがその一つを庭から持ち帰り、少しずつ自分のものにして、小さな薬研《やげん》で挽《ひ》き砕き、……掌に指に、薬をまさぐるようにまさぐって試してみても、新鮮な未知の原料はいっかな尽きず、かづを無限に富ましてくれるだろうと思われた。

かづは木々を洩《も》れる日光の縞《しま》の中を歩いて、中立《なかだち》の腰掛へ行き、そこに腰を下ろして山崎の手紙を読んだ。

…………………

「雪後庵再開の祝宴へのお招きとお手紙をありがとうございました。小生からお祝い申上げる筋ではないかもしれませぬが、立場を一応離れて、心から祝意を表させていただきます。

あなたのお手紙が先頃《さきごろ》の悲しい事件には少しも触れず、再開を目ざして整えられてゆく庭のことにのみ触れておられる心事は、小生にもよく察せられるつもりです。すぐる数年間にあなたの人間通の自信が打ち砕かれ、心の平安を引き換えにしてただ不安を得、幸福の代りに新たな苦い知識を学び、愛そうとするところで認識を身につけ、始めようとする場所で終り、終ると思った場所で始め、……あらゆるものを犠牲にして、今の平静な不安を得られたことに、同情というよりも、敬意を感ずるのが小生の持ち前です。

思えばあの選挙がなかったら、あなたは幸福を得られたかもしれず、野口氏も幸福であったかもしれません。しかし今にして思うのに、選挙があらゆる贋《にせ》ものの幸福を打ち砕き、野口氏もあなたも、裸の人間を見せあうことになったという点で、本当の意味で、不幸であったと言えないかもしれません。小生も永いこと政治の泥沼《どろぬま》にまみれ、むしろこの泥沼を愛してきましたが、そこでは汚濁が人間を洗い、偽善がなまなかな正直よりも人間性を開顕し、悪徳がかえってつかのまでも無力な信頼を回復し、……丁度洗い物を遠心分離の脱水器に投ずると、あまりに早い廻転のさなかに、今投じたシャツも下着も見えなくなってしまうように、われわれが日頃人間性と呼んでいるものがこの渦中《かちゅう》で、忽《たちま》ち見えなくなってしまう、その痛烈な作用を愛します。それは必ずしも浄化ではありますまいが、忘れてよいものを忘れさせ、見失ってよいものを見失わせる、一種の無機的な陶酔をわれわれに及ぼすのです。こんなわけで、どんなに失敗し、どんなにひどい目に会おうが、私は一生政治を離れることができそうにはありません。

あなたはやはり暖かい血と人間らしい活力へ還《かえ》って行かれるべきでしたろうし、野口氏も高潔な理想と美しい正義へ還って行かれるべきでしょう。残酷なようですが、第三者の目から見ると、すべては所を得、すべての鳥は塒《ねぐら》に還ったのです。

今年の冬は大分暖かのようですが、どうぞ健康に留意なすって下さい。精神的にも肉体的にもひどく疲れておられた末に、この忙しいお仕事がはじまるのですから、却って多忙に紛れるということもありましょうが、できるだけ御身をおいとい下さるよう、お願いいたします。

では来る再開の夜は、喜んで出席させていただきます。

……………。」

解説

西尾幹二

この作品の主題は明晰《めいせき》であり、構成は心にくいほど堅牢《けんろう》であり、読後の印象も安定して、鮮明である。しかし現実を見ている作者の視点がどこにあり、日本の社会的現実への作者の生の関《かか》わり方がどのようなものであるかを考え出すと、事はさほどに簡単ではない。いや、一見したところ明晰な一作の主題さえ、意外なふくらみと複雑さをそなえていることに気付く。

この作品の一見明瞭《めいりょう》な主題は、言うまでもなく、革新政党に擁立された都知事候補野口雄賢《ゆうけん》が古風な道義の人で、非現実的であって、およそ政治が見えないのに反し、率直で、情熱的で、本能的な雪後庵《せつごあん》の無学な女将福沢かづの方がより政治世界を理解していた、つまり、「知識人」の空想的な理想より、「民衆」の生命力に富む現実感覚の方がより政治的であった、という皮肉の表現にあることは確かだろう。

無論、そんなことを言ってみてもこの作品の魅力全般を明かすことにはならない。

しかしこの作品が『中央公論』に連載されていたときが、丁度、一九六〇年の安保騒動と時期的に符合しているため、また、作者のその後の活動から推しても、この一作が日本の政治現実への作者のアイロニカルな反応であったことは疑えないことだろう。それに、衆知の通り、この作品は実際の都知事選挙をモデルにしていると言われ、プライヴァシー裁判を惹《ひ》き起して話題になった。『青の時代』や『金閣寺』のように、世間の注目を惹いた事件から取材するのは、それまでもこの作者には珍しいことではなかったが、社会的現実とよべるものを直接に文学化する試みは、このときが最初だった。

ところがこれにつづく時期、作者は相次いで現実にコミットする作品を発表したわけではない。次作『美しい星』は、一種の政治小説でありながら、地上の現実を否定する幻想的な宇宙人に仮託して、作者の超現実的な天上への憧憬《どうけい》を表現したと言える。その次に書かれた『午後の曳航《えいこう》』もやはり、地上の日常的現実を拒否し、死と栄光に生きる海の男の浪漫的感情が主題だった。近年、作者が、『文化防衛論』のような具体的な政治評論をものし、『わが友ヒットラー』のような政治的人間葛藤《かっとう》の凄絶《せいぜつ》にリアルな戯曲を発表するなど、総じて現実を直視するという姿勢をつよめている地点からみると、たしかに『宴《うたげ》のあと』は現在までの作品系列において一つの曲り角であったことが判《わか》るのだが、しかし、その過程はきわめて複雑だった。夢幻的・浪漫的な主題はその後もひきつづき現われている。いや、総じて三島氏にとっては、夢と現実とはそもそも対立概念ではない。氏のような行動家にとっては、夢をみる情熱が激しければ激しいほど、その夢のただなかにこそ、現実の姿が現われるのである。現実がリアルに見えるのは、行動の量と等価である。しかし知性的にしか現実を見ない者は、ただ現実を客体化する。行動しないで、対象化する。が、世にもてはやされるこの種の社会科学的分析は多くの場合何と夢に似ていることだろう。それに反し、三島氏が作品という夢に仮託して語った多くは、われわれの内的現実を照明し、リアルであればあるほど、ひとびとはそれを文学者の夢想であり、政治的ロマン主義であるとして片づけたがるのである。

作者がここに政治世界を描いているとは私には思えない。いや、作者は日本の政治世界を垣間見《かいまみ》、そこに作者の考えるような西洋風に様式化された政治現実が欠如していることをはっきり意識しながら、いいかえれば政治的ロマンの成立する「型」の欠如した日本の非政治的風土を正確に観察しているといえるだろう。

作の中心は、まず野口雄賢と福沢かづの組合せの妙にある。それは精神と肉体、貴族性と野卑、理想と現実、等々の対立であると考えてもよいし、支配者の道徳と民衆の知恵の対立といってもよいかもしれない。だが、野口雄賢は西洋的知性を代表しているわけではない。彼は長く外交官の職にあり、ドイツ書を読む知性人だが、その古風で大《おお》時代的な道義心はむしろ支那《しな》の政治道徳に近い。金持の妻によって洋服を新調されることにいつまでもこだわるほど「偏狭な恐怖心」の持ち主でありながら、妻が政治などに関心がないものと頭から決めこんで、すべてが独りよがりである。妻に政治的野心を語ることなどは、「性欲」を示すことと同じように考えている。超俗的であり、そこには堂々たる「型」がある。作者はけっして野口を嘲笑《ちょうしょう》してはいない。それどころか、野口が妻かづの裏切りに二度にわたって激昂《げっこう》しながら、選挙のさなかの怪文書事件では、妻に対し沈黙するという優しさがあることを強調している。作者はそういう明治風の貴族主義的な精神の「型」を描くことにみごとに成功しているが、こういう知性人がいっこう西洋的な行動様式を身につけていないところに、作者の皮肉な眼《め》がある。「野口には無感動ということの大へんな虚栄心があって、これはおそらく英国仕込みだが、イギリス人とちがうところは、それを裏附ける粋《いき》な冷笑やユーモアが全く欠けていることであった」。

この作の冒頭部分に、老外交官達が、ヨーロッパ中の王侯貴族の集まる、シャンデリア輝くレセプションを思い出し、おしゃべりの最後の一行を「原語」で飾るようなペダンティックな現役時代の話をする場面が出てくる。ここにも作者の皮肉な眼がある。彼らが西洋をなつかしんでいる程度に、彼らの政治世界には西洋的な行動様式が欠けているのである。ということは、日本の権力というものの正体も、西洋的な概念などで理解できるものではないということだ。作者の痛烈な皮肉は、野口が佐伯《さえき》首相を訪れた場面に現われる。「本当の権謀術数は、絹のような肌《はだ》ざわりを持つべきであるのに、佐伯のそれはたかだか人絹だった」。この言葉には、日本の現実への作者の軽蔑《けいべつ》と、政治ロマンなど成立しようのない切実な自覚がある。保守党の悪玉の典型として描かれる永山元亀《げんき》という存在も、なんと悪の概念から遠い存在だろう。彼がかつての奉加帳にサインする最後の場面で、涙を流すくだりがある。つまり、そこまでせっかく悪玉を演じてきたこの男も、やはり浪花節《なにわぶし》であったことが明らかになるのである。

本来的に「階級」というもののない日本には政治ロマンも成立し難《がた》いといってよいかもしれない。保守も革新も所詮《しょせん》は馴《な》れ合いの握手をしている。そのシンボルがまさしく裏切りを演じて、しかも裏切りの破廉恥を知らない福沢かづという天真爛漫《らんまん》な女性だろう。彼女が革新派の政界ゴロである山崎というニヒリストのなかに自分の生き方にもっとも近いものを感じ、しかも彼のうちに、同時に保守党の「永山元亀に似た人情味のある精力家」を嗅《か》ぎわけていることは偶然ではないだろう。つまり野口を除いて、登場人物は保守革新を含め、ある意味では、すべて「民衆」なのである。知識人の象徴である野口が、このような現実全体に対し、自覚がない限り、敗北するのはきわめて当り前なことであろう。

もとよりこの作品の魅力は福沢かづの人間性にある。このような現実のなかでもっとも生き生きと活動できるのはかづのような女性であり、しかもそれがニヒリスト山崎ともっとも近く、しかも生の無意味のなかで、空虚のなかで、はてしなく行動しないではいられない「活力の孤独」を知っている点で、この作家の愛好する主人公の系列に属する。彼女は「空虚に比べたら、充実した悲惨な境涯《きょうがい》のほうがいい。真空に比べたら、身を引き裂く北風のほうがずっといい」と考えるような女性である。つまり、行動家であって、観念家ではない。だが、そのかづが観念家の野口に惹かれていく。この作の面白《おもしろ》さのひとつは、何といってもこの組合せの妙と、しかもそれがごく自然に、読者に納得のゆくエピソードの積重ねで、しだいに深められていく前半部にある。歌舞伎《かぶき》を見て、悲しいことはなんでも泣いてしまう素朴《そぼく》なかづと、それを笑って見ている無感動な知性人野口が、そのすぐあとでライターを失《な》くしてあわてふためくところなど、対照は印象的である。かづは男の貴族的経歴と、革新的な思想との矛盾を感じたりはしない。それほど非政治的な女性だが、そういう彼女が実際の選挙運動では夫よりはるかに政治的で、策謀的になりうるところに逆説があり、しかも彼女は「民衆を利用しようとしてかかればかかるほど、民衆に愛された」のである。彼女のような人間の政治性（もしくは非政治性）が、却《かえ》って単純な人の警戒心を解くというようなところに、日本の保守の強さを見たい人は見てもいいだろう。だが、作者はなんといってもこのかづのような女性の生き方に、日本の民衆のある心の優しさと、生活力の強靱《きょうじん》さを観察している。泥棒《どろぼう》の落していった庭内のチューインガムの嚙《か》み滓《かす》に、「孤独の一種の可愛《かわい》らしさ」を感じるようなことは野口には出来ないし、また、かづとは対立的な女性として、かづの性格を浮き立たせるために描き出されている環《たまき》夫人のような上流の女にも無縁なものだろう。

尚《なお》、この作品にはいくつかの鍵《かぎ》になるモチーフが作品に厚みをそえている。一つは、かづが死を怖《おそ》れ、死後の消滅を恐れ、野口家の由緒《ゆいしょ》のある「墓」に憧《あこが》れている。この「墓」のモチーフは私の覚えている限り三回あらわれ、最後には、夫からの彼女の離反が、「墓」への関心の喪失として表現され、従って、死よりも生を希《ねが》っている最後の場面での彼女の行動力回復を象徴するのに役立っている。ほかにデンドロビウムという蘭《らん》の花もモチーフになっている。また、前半で老人臭さがいくつか巧みに表現され、（例えば記憶力を競い合うところに老人の虚栄心を見ている観察など）しかも、前半では野口のみが例外として、彼の若さがかなり強調的に表現されていた。しかし、このモチーフは選挙も終り、夫婦が散歩する場面では、野口が確実に老人の世界に入ったことの暗示にひきつがれ、「墓」のモチーフと重なって、「宴」が終ったことの莫《ばく》たる巨大な空白を象徴的に表現しているといえよう。

以上見た通り、作者はこの作品が書かれた当時、日本の現実にかなり距離をもって、アイロニカルに接していた。現実はそれだけよく内面化されていた。そこにこの作品の安定と、芸術的な完成の度合いの高さがあるように思える。

（昭和四十四年六月、文芸評論家）

解説

辻原 登

これほど颯爽《さっそう》と登場する主人公の姿を東西の小説の中に見出《みいだ》すことは難しい。年は五十あまりだが、美しい肌と輝く目を保《も》った女が、小堀遠州流の手入れの行き届いた美しい広大な庭（三千坪）をそぞろ歩く。庭は彼女の所有で、彼女の前で世界は一幅の静止した絵になって、しかもその絵の中に彼女がいる。彼女の中にもその庭がある。広大な庭と家屋敷（料亭）、多額の銀行預金と有価証券、有力で寛大な政財界の顧客たち……、憂《うれ》うべきことは何もない。何もかもがこの庭の眺めのように、この世に曖昧《あいまい》なところは一点もない。

さらに、この庭から物語がどのように始まるのか、固唾《かたず》を呑《の》んで見守る読者に向かって、「しかし物語は終り、詩は死んだことを、誰よりも知っているのはかづ自身である」

と作者がヒロインを代弁して豪語する。「こういう女は、男よりももっと遠くまで行くことができるのだ」と注を加える。

おやおや、ひょっとして彼女はこの庭を壊したがっているのではないかと勘繰ってしまう。

小説という構造物の生理からすれば、このようなヒロインの結末は破滅である。福沢かづは疑いもなくこの小説の主人公であり、作中一人だけ、まるで一人称小説のように出ずっぱりで、生き生きとして、終始情熱的な生き方をもって読者に迫る。

彼女は新潟の生れで、両親を亡《な》くし、料理屋の養女にやられ、最初の男と一緒に東京へ飛び出して——、彼女のために死んだり、社会の底に沈淪《ちんりん》し、地位や財産を失った男が多くいる。「彼女にそういう悪意があるわけでもないのに、男が概《おおむ》ねそれを堺《さかい》に落ちてゆくのである」。

波瀾《はらん》万丈の遍歴があって、現在の栄華に辿《たど》り着いた。いわば、

かくて、わたくしはちょうどこの時分、富み栄えて、わたくしの幸運という幸運の、絶頂に立っていたのでございます。

(『ラサリーリョ・デ・トルメスの生涯』会田由《ゆう》訳　岩波文庫)

彼女の何が非凡なのか。色事をもとにしてのし上がって来た、その色事の数々なのか。ゾラの『ナナ』を思い出してもいい。ゾラはナナに落魄《らくはく》の死を用意する。しかし、ゾラと違って、『宴のあと』の作者は、かづの男性遍歴やその手練手管については具体的な言及を避けている。

彼女の偽善と政治的駆引きに対する洞察力は確かに優れている。しかし、作者は、彼女の情熱から高級なものの非凡なものを注意深く除き去っているように思えるのだが、では、この小説の核心はどこにあるのか？

（……）彼女はどんな種類の論理的熱情も持たなかった。論理は彼女を冷やすだけであった。そしてかづは、こうした活力（全身を動かして飛びまわることへの生まれながらの非論理的熱情・辻原注）の孤独を知っていただけに、死後の孤独をいつも怖《おそ》れていた。

これだ。彼女の唯一《ゆいいつ》の懸念《けねん》、不安は自らの死後の魂の行方である。

完璧《かんぺき》な庭の中で、活人画のように佇《たたず》んでいた美しい女が動き出すのは、この懸念、不安によってである。

†

彼女の「雪後庵《せつごあん》」で、同期の元大使たちのクラス会「霞弦会《かげんかい》」が開かれた。元ドイツ大使環《たまき》久友と元外相野口雄賢《ゆうけん》が連れ立って現れた。宴会中、最も矍鑠《かくしゃく》として威勢の良かった環がトイレで倒れる。それを発見したのは野口だが、女将《おかみ》のかづは、野口のてきぱきとした対応と真率さに心を動かされる。同時に、野口のワイシャツの襟のかすかな汚れも見逃さない。

環はその数日後に亡くなる。かづと野口を結びつけたのは、野口の盟友、ライバルの急死であり、ワイシャツの襟の汚れだが、作者はさらに、病院に環を見舞った際、念を押すようにして、かづに野口の外套《がいとう》のすり切れた袖口《そでぐち》を発見させて話を先に進める。

かづは、野口の家にいる女中に嫉妬《しっと》して、女中に暇をやって下さい、と言って泣き出す。手にした杯を畳の上に放り出して、野口の袴《はかま》の膝《ひざ》へ顔を伏せる。

を配った。

（……）そのとき、手巾《ハンカチ》の乾いたほうをひろげて袴にあて、袴がよごれぬように気

野口の手がしずかに帯のお太鼓の上を撫《な》でた。そうしているとき、かづは抜いた襟からのぞかれるつややかな背中が、白い香りのよい粘りの強い肉を湛《たた》えて、野口の目を惹《ひ》くことを確実に知っていた。撫でている野口の手のうごきの、放心したような静けさにも、かづのよく知っている音楽のようなものがあった。そのあとで二人は最初の接吻《せっぷん》をしたのである。

意外なことにかづはよく泣く。奈良の御水取りの火の粉に感動して泣く。三々九度の盃事《さかずきごと》の時にも。こういう女のコケットリーとヒステリーを描く作者の筆は巧緻《こうち》を極めている。

保守党の黒幕永山元亀《げんき》がかづに言う。この結婚は誰《だれ》の目にも明らかな貧乏籤《くじ》だ。先《さき》行《ゆき》に見込みのない株を買ってどうする。元大臣の野口より雪後庵の女将のほうがずっと値が高いんだよ、と。

（……）盃事のあいだ、かづは涙をためてうつむいたきりだったが、こう思っていたのである。

「ああ、これで私は野口家の墓に入れる！　安住の地がこれで出来上った」

雪後庵の宏壮《こうそう》な庭はかづの念頭から消え、小さな由緒《ゆいしょ》のある墓石だけがあきらかに浮んだ。

庭は現世に関わり、墓は来世に関わる。天涯孤独の彼女は、来世の安住のために身を売ったのである。

†

野口は革新政党に関わっている高潔な人物である。結婚生活の中で、かづはほどなくその高潔な心が持つ洞察力の不足について認識する破目になる。彼女は、これまでの経験から、政治とは……要するに芸者のやるようなことに似ていて、その大仰な秘密くささも情事に似ていて、瓜《うり》二つだ、野口の政治には何分色気がなさすぎる、と考えるようになる。

こういう認識が高級なものであるかどうかはさておいて、人格者ではあるが凡庸な、政治家の資質に欠ける野口は、一体何が目的で保守政治家や財界人御愛顧の有名料亭の女将と結婚したのか、作者の筆は彼の内面に立ち入ることはないから闇《やみ》のままである。

この小説に登場する人物は、かづを除いてみなそれぞれの社会を代表する紋切型を地で行くような連中だ。その代表が野口で、彼の高潔とは、純粋な愛だけが相手を動かすと思い込んでいる純愛主義の若者と変わるところはない。作者は、最後まで野口にその紋切型の帽子をかぶせておく。

雪後庵の仕事はなおざりになっていく。かづを支えていた保守党の客筋が少しずつ遠のいていく。

そんな折、野口が革新政党から都知事選への出馬を決める。かづの非論理的熱情に火がつく。今こそ本物の恋の対象、選挙という擬似戦争を通して、「大衆」（五百万の有権者）が彼女の前に登場して来たのである。

選挙参謀として山崎素一という幻滅した共産主義者の一人、今やあらゆる理論にお尻を向けた選挙運動の達人が加わることで、小説は俄然《がぜん》躍動し始める。

選挙に勝って夫を都知事にする。大衆の中に分け入って、束ね、その心をぎゅっと鷲《わし》づかみに出来たらどんなに良かろう。夢想に酔ったかづはさしずめきものを着たドン・キホーテ、選挙参謀山崎はサンチョ・パンサといったところ。

あちこちの集会、祭礼に山崎と共に顔を出し、民謡大会の櫓《やぐら》の上で歌を唄《うた》い、寄付し、名刺を配る。おかみさん連の集りには割烹着《かっぽうぎ》を着てゆく。

雪後庵を抵当に入れ、金を作る。野口は彼女の派手な事前運動に怒りを爆発させ、打擲《ちょうちゃく》する。野口は雪後庵の閉鎖を命じ、従わないなら離縁する、と言う。

かづにとってこの一言はどんな打擲よりも怖ろしかった。彼女の目前に暗い大きな穴がひらいた。『離縁されたら……私は無縁仏になる』……そう思うとかづはどんな代償をも仕払う気持になった。

選挙費用捻出《ねんしゅつ》のため雪後庵を売却する話まで出る。

選挙は敗北に終わる。

現実政治に敗れた野口は詩人になればよい。小金井の草深い安普請《やすぶしん》の家に引っ越す。

——これでもう僕は政治をやらんよ。じじばばで暮して行こうや、と野口。

かづは打ち伏したまま、「はい」と答えるが、この「はい」は裏切りの合図でもあった。

その場にいた幻滅の達人山崎は、この「はい」に「はい」をはみ出すもの、不気味な活力を鋭く感じ取る。

かづに雪後庵の再開という金文字が閃《ひらめ》く。不可能かもしれない。「かもしれない」は両義だ。不可能ではないかもしれない。選挙戦を通じて、これがかづが身につけた政治だった。その時、かづの心をそそった墓の幻影が消える。

彼女は、夫に内緒で雪後庵の再開に向けて、奉加帳を持って保守党の有力者たちを回る。銀行の融資も勝ち取る。彼女は、選挙運動の渦中《かちゅう》にいた時より今のほうが政治の身近にいると感じる。政治はぬっと顔を出して奇蹟《きせき》を成就《じょうじゅ》する、と。

「僕はもうこの女に疲れた」

これが野口の小説中唯一の独白だ。

野口との別れでは、かづはこれまでと違って涙一つ見せない。高潔な老人の体に燃え上がった女への憎しみを見てとって、彼女は歓《よろこ》びのために体が慄《ふる》える。「男よりももっと遠くまで」、小説冒頭部に置かれたフレーズが内実を獲得した瞬間だ。同時に、彼女の肌はいよいよ芳醇《ほうじゅん》さを増す。前後するが、女中に「なんてきれいなお肌でしょう。女でもむしゃぶりつきたくなるようですわ」と言わせるくらいだ。

見捨てられ、甚だしく荒れていた庭は、再開をめざして美しく整えられていく。しかし、かつて隅々まで知り尽していた澄明《ちょうめい》な庭はもう失われ、未知の庭が彼女の前に広がる。

かつて小さく折り畳まれていた庭は、水中花のようにみるみる拡《ひろ》がって、謎《なぞ》や不可解に充《み》ちた広大な庭になった。

……これが彼女の墓なのだ。あるいは、彼女はこの庭から一歩も出なかったのかもしれない。

『宴のあと』は、三島由紀夫の最良の小説の一つである。

（令和二年八月、作家）

この作品は昭和三十五年十一月新潮社より刊行された。

三島由紀夫著
仮面の告白

女を愛することのできない青年が、幼年時代からの自己の宿命を凝視しつつ述べる告白体小説。三島文学の出発点をなす代表的名作。

三島由紀夫著
花ざかりの森・憂国

十六歳の時の処女作「花ざかりの森」以来、巧みな手法と完成されたスタイルを駆使して、確固たる世界を築いてきた著者の自選短編集。

三島由紀夫著
愛の渇き

郊外の隔絶された屋敷に舅と同居する未亡人悦子。夜ごと舅の愛撫を受けながらも、園丁の若い男に惹かれる彼女が求める幸福とは？

三島由紀夫著
禁色

女を愛することの出来ない同性愛者の美青年を操ることによって、かつて自分を拒んだ女達に復讐を試みる老作家の悲惨な最期。

三島由紀夫著
潮（しおさい）騒
新潮社文学賞受賞

明るい太陽と磯の香りに満ちた小島を舞台に海神の恩寵あつい若くたくましい漁夫と、美しい乙女が奏でる清純で官能的な恋の牧歌。

三島由紀夫著
金閣寺
読売文学賞受賞

どもりの悩み、身も心も奪われた金閣の美しさ——昭和25年の金閣寺焼失に材をとり、放火犯である若い学僧の破滅に至る過程を抉る。

三島由紀夫著

手長姫　英霊の声
—1938−1966—

一九三八年の初の小説から一九六六年の「英霊の声」まで、多彩な短篇が映しだす時代の翳、日本人の顔。新潮文庫初収録の九篇。

三島由紀夫著

真夏の死

伊豆の海岸で、一瞬に義妹と二児を失った母親の内に萌した感情をめぐって、宿命の苛酷さを描き出した表題作など自選による11編。

三島由紀夫著

春の雪
（豊饒の海・第一巻）

大正の貴族社会を舞台に、侯爵家の若き嫡子と美貌の伯爵家令嬢のついに結ばれることのない悲劇的な恋を、優雅絢爛たる筆に描く。

三島由紀夫著

奔馬
（豊饒の海・第二巻）

昭和の神風連を志した飯沼勲の蹶起計画は密告によって空しく潰える。彼が目指したものは幻に過ぎなかったのか？　英雄的行動小説。

三島由紀夫著

暁の寺
（豊饒の海・第三巻）

〈悲恋〉と〈自刃〉に立ち会った本多繁邦は、タイで日本人の生れ変りだと訴える幼い姫に出会う。壮麗な猥雑の世界に生の源泉を探る。

三島由紀夫著

天人五衰
（豊饒の海・第四巻）

老残の本多繁邦が出会った少年安永透。彼の脇腹には三つの黒子がはっきりと象嵌されていた。〈輪廻転生〉の本質を劇的に描いた遺作。

三島由紀夫著

午後の曳航《えいこう》

船乗り竜二の逞しい肉体と精神は登の憧れだった。だが母との愛が竜二を平凡な男に変えた。早熟な少年の眼で日常生活の醜悪を描く。

三島由紀夫著

盗賊

死ぬべき理由もないのに、自分たちの結婚式当夜に心中した一組の男女――精緻微妙な心理のアラベスクが描き出された最初の長編。

三島由紀夫著

鏡子の家

名門の令嬢である鏡子の家に集まってくる四人の青年たちが描く生の軌跡を、朝鮮戦争直後の頽廃した時代相のなかに浮彫りにする。

三島由紀夫著

美徳のよろめき

優雅なヒロイン倉越夫人にとって、姦通とは異邦の珍しい宝石のようなものだったが……。魂は無垢で、聖女のごとき人妻の背徳の世界。

三島由紀夫著

近代能楽集

早くから謡曲に親しんできた著者が、古典文学の永遠の主題を、能楽の自由な空間と時間の中に〝近代能〟として作品化した名編8品。

三島由紀夫著

サド侯爵夫人・わが友ヒットラー

獄に繋がれたサド侯爵をかばい続けた妻を突如離婚に駆りたてたものは？　人間の謎を描く「サド侯爵夫人」。三島戯曲の代表作2編。

三島由紀夫著

美しい星

自分たちは他の天体から飛来した宇宙人であるという意識に目覚めた一家を中心に、核時代の人類滅亡の不安をみごとに捉えた異色作。

三島由紀夫著

青の時代

名家に生れ、合理主義に徹し、東大教授への野心を秘めて成長した青年の悲劇的な運命！光クラブ社長をモデルにえがく社会派長編。

三島由紀夫著

女神

さながら女神のように美しく仕立て上げた妻が、顔に醜い火傷を負った時……女性美を追う男の執念を描く表題作等、11編を収録する。

三島由紀夫著

永すぎた春

家柄の違いを乗り越えてようやく婚約にこぎつけた若い男女。一年以上に及ぶ永すぎた婚約期間中に起る二人の危機を洒脱な筆で描く。

三島由紀夫著

沈める滝

鉄や石ばかりを相手に成長した城所昇は、女にも即物的関心しかない。既成の愛を信じない人間に、人工の愛の創造を試みた長編小説。

三島由紀夫著

獣の戯れ

放心の微笑をたたえて妻と青年の情事を見つめる夫。死によって愛の共同体を作り上げるためにその夫を殺す青年——愛と死の相姦劇。

三島由紀夫著
絹と明察
家族主義的な経営によって零細な会社を一躍大紡績会社に成長させた男の夢と挫折を描く。近江絹糸の労働争議に題材を得た長編小説。

三島由紀夫著
音楽
愛する男との性交渉にオルガスムス＝音楽をきくことのできぬ美貌の女性の過去を探る精神分析医——人間心理の奥底を突く長編小説。

三島由紀夫著
岬にての物語
夢想家の早熟な少年が岬の上で出会った若い男と女。夏の岬を舞台に、恋人たちが自ら選んだ恩寵としての死を描く表題作など13編。

三島由紀夫著
鍵のかかる部屋
財務省に勤務するエリート官吏と少女の密室の中での遊戯。敗戦後の混乱期における一青年の内面と行動を描く表題作など短編12編。

三島由紀夫著
ラディゲの死
〈三日のうちに、僕は神の兵隊に銃殺されるんだ〉という言葉を残して夭折したラディゲ。天才の晩年と死を描く表題作等13編を収録。

三島由紀夫著
小説家の休暇
芸術および芸術家に関わる多岐広汎な問題を、日記の自由な形式をかりて縦横に論考、警抜な逆説と示唆に満ちた表題作等評論全10編。

三島由紀夫著

殉教

少年の性へのめざめと倒錯した肉体的嗜虐の世界を鮮やかに描いた表題作など9編を収める。著者の死の直前に編まれた自選短編集。

三島由紀夫著

葉隠入門

〝わたしのただ一冊の本〟として心酔した「葉隠」の濶達な武士道精神を現代に甦らせ、乱世に生きる〈現代の武士〉たちの心得を説く。

三島由紀夫著

鹿鳴館

明治19年の天長節に鹿鳴館で催された大夜会を舞台として、恋と政治の渦の中に乱舞する四人の男女の悲劇の運命を描く表題作等4編。

小池真理子著

欲望

愛した美しい青年は性的不能者だった。決してかなえられない肉欲、そして究極のエクスタシー。あまりにも切なく、凄絶な恋の物語。

小池真理子著

恋

直木賞受賞

誰もが落ちる恋には違いない。でもあれは、ほんとうの恋だった——。痛いほどの恋情を綴り小池文学の頂点を極めた直木賞受賞作。

中村文則著

悪意の手記

いつまでもこの腕に絡みつく人を殺した感触。人はなぜ人を殺してはいけないのか。若き芥川賞・大江賞受賞作家が挑む衝撃の問題作。

中村文則著
迷宮

密室状態の家で両親と兄が殺され、小学生の少女だけが生き残った。迷宮入りした事件の狂気に搦め取られる人間を描く衝撃の長編。

津村記久子著
とにかくうちに帰ります

うちに帰りたい。切ないぐらいに、恋をするように。豪雨による帰宅困難者の心模様を描く表題作ほか、日々の共感にあふれた全六編。

津村記久子著
この世にたやすい仕事はない
芸術選奨新人賞受賞

前職で燃え尽きたわたしが見た、心震わすニッチでマニアックな仕事たち。すべての働く人の今を励ます、笑えて泣けるお仕事小説。

村田沙耶香著
地球星人

あの日私たちは誓った。なにがあってもいきのびること——。芥川賞受賞作『コンビニ人間』を凌駕する驚愕をもたらす、衝撃的傑作。

平野啓一郎著
葬送
第二部（上・下）

二月革命が勃発した。七月王政の終焉、共和国の誕生。不安におののく貴族、活気づく民衆。時代の大きなうねりを描く雄編第二部。

平野啓一郎著
透明な迷宮

異国の深夜、監禁下で「愛」を強いられた男女の数奇な運命を辿る表題作を始め、孤独な現代人の悲喜劇を官能的に描く傑作短編集。

車谷長吉著

塩《しお》壺《つぼ》の匙《さじ》

三島由紀夫賞受賞

闇の高利貸しだった祖母、発狂した父、自殺した叔父、私小説という悪事を生きる私……。反時代的毒虫、二十余年にわたる生前の遺稿。

堀江敏幸著

おぱらばん

三島由紀夫賞受賞

マイノリティが暮らす郊外での日々と、忘れられた小説への愛惜をゆるやかにむすぶ、新しいエッセイ／純文学のかたち。

石井遊佳著

百年泥

新潮新人賞・芥川賞受賞

百年に一度の南インド、チェンナイの洪水で溢れた泥の中から、人生の悲しい記憶が掻き出され……。多くの選考委員が激賞した傑作。

重松清著

見張り塔からずっと

3組の夫婦、3つの苦悩の果てに光は射すのか？　現代という街で、道に迷った私たち。新・山本周五郎賞受賞作家の家族小説集。

重松清著

きみの町で

旅立つきみに、伝えたいことがある。友情、善悪、自由、幸福……さまざまな「問い」に向き合う少年少女のために綴られた物語集。

恩田陸著

図書室の海

学校に代々伝わる〈サヨコ〉伝説。女子高生は伝説に関わる秘密の使命を託された――。恩田ワールドの魅力満載。全10話の短篇玉手箱。

舞城王太郎著
阿修羅ガール
三島由紀夫賞受賞

アイコが恋に悩む間に世界は大混乱！同級生は誘拐され、街でアルマゲドンが勃発。アイコはそして魔界へ!?今世紀最速の恋愛小説。

本谷有希子著
生きてるだけで、愛。

25歳の寧子は鬱で無職。だが突如現れた同棲相手の元恋人に強引に自立を迫られ……。怒濤の展開で、新世代の〝愛〟を描く物語。

山田詠美著
アニマル・ロジック
泉鏡花賞受賞

黒い肌の美しき野獣、ヤスミン。人間動物園、マンハッタンに棲息中。信じるものは、五感のせつなさ……。物語の奔流、一千枚の愉悦。

山田詠美著
ベッドタイムアイズ・指の戯れ・ジェシーの背骨
文藝賞受賞

視線が交り、愛が始まった。クラブ歌手キムと黒人兵スプーン。狂おしい愛のかたちを描くデビュー作など、著者初期の輝かしい三編。

柚木麻子著
BUTTER

男の金と命を次々に狙い、逮捕された梶井真奈子。週刊誌記者の里佳は面会の度、彼女の言動に翻弄される。各紙絶賛の社会派長編！

村田沙耶香著
タダイマトビラ

帰りませんか、まがい物の家族がいない世界へ……。いま文学は人間の想像力の向こう側に躍り出る。新次元家族小説、ここに誕生！

蓮實重彦著
伯爵夫人
三島由紀夫賞受賞

瞠目のポルノグラフィーか全体主義への不穏な警告か。戦時下帝都、謎の女性と青年の性と闘争の通過儀礼を描く文学界騒然の問題作。

川端康成
三島由紀夫著
川端康成 三島由紀夫 往復書簡

「小生が怖れるのは死ではなくて、死後の家族の名誉です」三島由紀夫は、川端康成に後事を託した。恐るべき文学者の魂の対話。

橋本治著
「三島由紀夫」とはなにものだったのか

三島の内部に謎はない。謎は外部との接点にある——。諸作品の精緻な読み込みから明らかになる、〝天才作家〟への新たな視点。

D・キーン
松宮史朗訳
思い出の作家たち
—谷崎・川端・三島・安部・司馬—

日本文学を世界文学の域まで高からしめた文学研究者による、超一級の文学論にして追憶の書。現代日本文学の入門書としても好適。

新潮文庫編
文豪ナビ 三島由紀夫

時代が後から追いかけた。そうか！ 早すぎたんだ——現代の感性で文豪の作品に新たな光を当てる、驚きと発見に満ちた新シリーズ。

神坂次郎著
今日われ生きてあり
—知覧特別攻撃隊員たちの軌跡—

沖縄の空に散った知覧の特攻隊飛行兵たちの、美しくも哀しい魂の軌跡を手紙、日記、遺書等から現代に刻印した不滅の記録、新装版。

宴《うたげ》のあと

新潮文庫　み‐3‐16

昭和四十四年七月二十日　発行
令和二年二月五日　七十八刷
令和二年十一月一日　新版発行
令和六年一月二十日　四刷

著者　三《み》島《しま》由《ゆ》紀《き》夫《お》
発行者　佐藤隆信
発行所　株式会社　新潮社

郵便番号　一六二―八七一一
東京都新宿区矢来町七一
電話　編集部（〇三）三二六六―五四四〇
　　　読者係（〇三）三二六六―五一一一
https://www.shinchosha.co.jp

価格はカバーに表示してあります。
乱丁・落丁本は、ご面倒ですが小社読者係宛ご送付ください。送料小社負担にてお取替えいたします。

印刷・株式会社光邦　製本・株式会社大進堂

ISBN978-4-10-105047-8 C0193